文春文庫

ハリネズミのジレンマ

みうらじゅん

文藝春秋

ハリネズミの
ジレンマ

ハリネズミのジレンマ　もくじ

ハリネズミのジレンマ　もくじ

ハリネズミのジレンマ　もくじ

ギンギンなんスよ

人生の3分の2はいやらしいことを考えてきた。

「オレ、まだギンギンなんスよ」と、得意気に言った男。いい歳をこいて、まだそんなことにも勝ち負けを持ち出す。「ふーん」と返すと不満気な顔をした。

「スゴくないっスか、この歳でまだギンギンなの」と、言ってどうしても僕に負けを認めさせたいらしい。威張ってはいるが、少しへりくだった物言いは僕より7歳ばかりその男が歳下だからである。

「スゴイと思うよ」

認めないと終らぬ会話と判断し、そう答えたが、まだ物足りないとみえ、「ギンギンなんスよ本当」と、さらに強調した。

そんなこと僕に報告しても仕方ないだろ。とても無駄な時間を過してる気がする。

そもそも〝ギンギン〟とは何か？　怒張の具合をそう表現しているのは承知だが、一度もそんな形容詞を人前で口にしたことがない僕はしばし、考えた。

ギンギラギンにさりげなくではないだろう。いや、その部位のてかりをギンギンとしたのか？　いや、だったらギンギラでいいじゃないか。ギンはこの場合、張った感じを表わしてるはずだ。

「ギーンと張る」

言わないな。そこはやっぱ「ピィーンと張る」だ。

その類義語にピンピンがある。鉛筆の先を尖らせるオノマトペとして有名。さらなる進化形がビンビンとみていいだろう。しかし、ギンギンはどうだ？　それ以外で使用されることはあるのか。「力がギンギンにみなぎる」、言うか。

「目がギンギンに冴える」

確かにあるにはある。

さてはこれ、〝頑張る〟の活用形だったりして。頑張るをさらに頑張った状態が〝ギン張る〟。ガ・ギ・グ・ゲ・ゴで段階が上っていく方式だ。

グン張るはさらにスゴイが、ゲン張る、最終的にゴン張るまで達した時にゃ、そりゃ頑張り過ぎで命にも係わってくる問題じゃないのか？　そして、それをギンギンと連呼するやり口は他の、ガンガン、グングン、ゲンゲン、これ言わないか？　ゴンゴンに倣ったのかもしれないな。

ようやく謎が解けた気になってきた。だから、この目の前の男はやたら褒めて貰いたがっているのだ。頑張るまでは誰だって努力すれば出来るが、ギン張る、しかも、50代半ば

でそれをキープしてると言うのだから、そりゃ御苦労様なことだ。さぞかし、パートナーもお喜びのことと思うが、どうか？

そこは労い（ねぎら）の意味も込め聞いてみた。すると、

「いやぁ、そこなんスよね問題は。いくらこっちがギンギンでもね、相手がいないようじゃ宝の持ち腐れですから」

と、きやがった。

ハッキリ言ってそういう答は期待してなかった。せめて武勇談のひとつやふたつ、聞かせて貰ってこの場をお開きにしたいと思ってたから。

それなのに家では何年もセックスレスなどと僕にとって本当どーでもいい話ばかり。最後には、

「誰かいませんかね？　オレのギンギン相手」

だってよ。

「男に生れて良かったなと思ったことは？」と、もし、この時、インタビューでもされたら、僕は「ない」と即答したと思う。

どっぷりノスタルジー

人生の3分の2はいやらしいことを考えてきた。

〝過去と未来〟

それは、終ったことと、分らないこと。過去を振り返るより、未来に躍進しようじゃないか！　って、そんなこと。力んで言われたって、こちとら若い頃からの思い出マニア。他人に言わせりゃ取るに足らない些細な事も、どっぷり、ノスタルジーってやつに浸らせ、記憶を温存してきたわけだから。

先日、その一つである昔、住んでたアパートの近くの銭湯に行ってみた。

実に45年ぶりに浸るという寝かせに寝かしたネタだ。ここは是が非でも自分を最高潮に盛り上げていかねば。

〝まだ、あのお風呂屋さんあるかしら、、、……〟

ちなみにこの〝かしら〟は、南こうせつとかぐや姫の『神田川』。〝貴方はもう忘れたかしら〟に起因している。目的地も神田川沿いにあり、僕は当時、つき合ってた彼女の体(てい)でノスタルジーに浸ろうって戦法を取ったのだ。

たまたま寄った場所が、何と昔、彼氏の住んでたアパートの近くだったという設定である。

いや、そうせざるを得なかった理由もある。実は既に何度かこの地帯は再訪していたからである。だから、彼女の気持ちに成り切り、アパートのあった場所に向う。小綺麗なマンションに建て替わってることは承知だが、そこは、

〝あれから随分、時が流れているのだもの。様変わりして当然よね〟

と一応、その前で遠い目をすることを忘れない。

そして、いよいよ銭湯へ。ここも数年前に建物だけは確認済みだがこのコロナ禍で、もしかしてという心配もあった。

〝や、やってる!!〟

僕は、いや私はその場で小躍りしたい心境だったわ。

ワクワクしながら暖簾(のれん)をくぐると、当時はなかった待ち合い場所が設けられていた。これなら寒い日、カップルのどちらかが外で待たされることもない。

脱衣場で大きく咳払いを二回したら、それが出る合図って決めたわね。でも、彼ったら、お風呂屋さんからアパートに戻るとすぐにまた、身体を求めてくるんだもの。それじゃ行った意味ないじゃない。そんな時「こうすればいいんだよ」と言って、アパートの狭い流し台の中にまるで屈葬みたいに入って身体を洗ってみせた彼。結局、私はタオルをお湯に浸し、それで汚れた身体を拭いたのよね。

そうそう、いろいろ思い出してきたわ。ある時、前戯段階で気付いて良かったけど、彼の……玉袋でいいかしら？　やたらボリボリ掻いた跡を見つけ、

「痒いの？」

って聞いたら恥ずかしそうに「うん」と頷いた。私は明日、必ず病院に行ってねと約束したわね。

行かなきゃもうあなたとは二度とエッチはしないからとまで言ったのよ。

「先生が言うには、銭湯で感染した皮膚炎だと」

ちなみにコレが
屈葬

彼はそう報告したけど、嘘だと思うの。

お風呂屋さんに行くのは私がアパートに泊りに来た時だけ。後は例の屈葬スタイルで済ませてた。あの時、敢えて言わなかったけど、彼のその不潔な生活がそもそも感染源じゃないかって――

僕はそのなつかしい銭湯の風呂に浸りながら、決してノスタルジーにはならない真の病名・インキンの一件を思い出していた。


『神田川』作詞：喜多條忠　作曲：南こうせつ

イズニー土産

人生の3分の2はいやらしいことを考えてきた。

上野の国立科学博物館に『大地のハンター展』を見に行った。

もちろん、その目的はたぶん、あるであろうワニのグッズを買いにだ。集め出して1年半ほど経つが、当初はピンポイントで〝ラコステ〟や〝熱川バナナワニ園〟を目指したものだが、最近は嗅覚も働くようになってきた。

入場して即、出口近くにあるだろう売店に行くつもりでいたが、のっけから白亜紀の巨大ワニ〝デイノスクス〟の模型かよ。その後に続く各種ワニの剝製展示に目を奪われっ放しだった。息荒く写メを撮りまくっていたのだが、手前に置かれた〝コビトカイマン〟の剝製。そのプレートにTHE　ALFEEの「坂崎幸之助氏　寄贈標本」の文字を見つけ、いやぁ、上には上がおられるものだと感心した。

やはりワニグッズ集め、行き着くところは剝製か。

考えなかったわけじゃないけど、それには少し躊躇があった。

伊豆の珍奇なスポット。「伊豆極楽苑」や「アンディランド」など、それらを総称し

「イズニーランド」と、勝手に呼んでた頃のことだ。

その中でも取り分けインパクトがあったのが「アニマル邸江戸屋」。店内はまるでサファリ・ワールド。狭い通路の両脇にさまざまな動物の剝製がひしめき合っていた。当然、吠えたり嚙み付いてきたりすることはないが、逆にその静寂故(ゆえ)の不気味さはハンパない。

出口近くにはやはり売店があって、高価な剝製と違い、至ってリーズナブルな品が並んでた。

ほとんどがアニマル関連のファンシーグッズであるが、しこたま剝製に目が慣れてしまってるせいもあって、出来るだけリアルなものが欲しくなった。

その時、ふと目に止ったのが小さなピラニアのキーホルダー。実にリアルな出来である。手に取ってじっくり見ると、それもそのはず、表面がコーティング加工された剝製品である。値札を見ると何と500円じゃないか。思わず2匹、買った。その時、それをカバンに仕舞えば良かったのだが、何せキーホルダー仕様だから、ムキ出しにポケットに突っ込んだのがいけなかった。

イズニーランド取材の帰り、つき合ってた彼女の家に寄った。

いつものようにエッチして、ピロートークで「そうそう、伊豆でプレゼントを買って来たんだよ」と、僕は床に脱ぎ捨てたジーパンを手繰り寄せ、ポケットの中を探った。

〝な、ない……〟

いや、ないのではない。あるにはあるが、それは粉々に割れているのだ。

「何？　プレゼントって」

僕は昔から悪い癖があって、自分が欲しいものは、他人も欲しがるだろうとつい、思ってしまう。何度かそれで失敗してるくせにだ。

事情を説明し、ポケットからそれ（2匹の粉々）を出した時、かなりの失望感を露わに彼女は、

「そもそも私、剝製なんて欲しくないから！」

と、怒鳴った、そんな苦い思い出――

『大地のハンター展』の売店は、ハンターだけに狙い撃ちかよ！　と思うほど、予想以上の大量ワニグッズが並んでた。えーい！　とばかり、それらを抱えレジに向う。合計、2万8000円也！　大きな紙袋二つからはワニの尻尾がビンビン飛び出し、当然、帰りの車内では注目の的となった。

でも、僕はその時も思った。みんなも欲しいんだろうってね。

初めてのお座敷遊び

人生の3分の2はいやらしいことを考えてきた。

〝乾電池1本で約8時間（3200回以上）の投球ができます〟と、取り扱い説明書にはそう記されてあった『ウルトラマシン』。'68年に任天堂が発売したいわゆる家庭用のバッティングマシンであるが、親に買って貰ってたぶんその日までに3170回くらい投げたのだろうか？　前もって電池を交換しとけば良かったのだが、マシンの動きが遅くなり出した。

ボールといってもピンポン球くらいの大きさ。プラスチック素材で出来ているので、フワフワと飛んでくる。

「いや、何どすこれ。打ちにくいどすえー」

球もゆるゆるだけど、その京言葉もゆるゆる。タイミングが合わず、彼女は大きく空振りした。

「でも、まだ三振と違いますのんえ。今度こそはホームランを打ちまっさかい」

そう言って、おもちゃのバットを構え直すのだった――

中学生の時、親しかったクラスメイトの家に休日、遊びに行く約束をした。そこに行くのは初めてのこと。「昼、2時過ぎに来てな」と、友達は念を押したが、僕は待ち切れず当日、昼食を取ると、家を出てバスに乗った。最寄りの四条河原町で降り、少しその辺りをぶらつき時間を潰そうと思ったが、やたらと細い路地が入り組んだ先斗町（ぽんとちょう）界隈。住所頼りに友達の家を捜したがなかなか見つからなかった。

ようやくその表札を見つけたのが1時過ぎ。少し早いが大きい紙袋を手に下げていたので訪問することにした。しかし、その家には押しベルがなかった。格子戸を開け、狭くて細長い道を進むと玄関が見えた。ガラガラと引き戸を開け「すいません」と、声を上げた。きれいな女の人が出て来たので、用件を告げると、「ちょっと待っておくれやっしゃ」と言って奥に引っ込んだ。

僕はその時まで、友達の言う〝お茶屋さん〟という所が言葉通り、お茶を扱う店のことだと思ってた。

しばらくして友達が現われ「2時って約束したやん」と、少し困り顔で言った。「ごめんな、早よコレ、やりとうて」と、僕が紙袋の中身を見せると「ウルトラマシンやんか！」と、それには大層、喜んで「もう起きたはるけど、まだぎょうさん舞妓さんが部屋にいはる。どうする？」と、聞いてきた。僕はその意味がよく理解出来ず、取り敢えず「構へんけど」と、返した。

広い座敷に通され、

「これ、あれどっしゃろ？　いっぺんやってみたかったんやわぁー」

まだ、舞妓さんのカッコはしてなかったけど、女子に取り囲まれた僕の鼻の下は伸びに伸びた。

「みんなでやりませんか？」「よろしおすか」「ほな、私もお言葉に甘えていっぺんだけ」

　僕は得意気にウルトラマシンをセットした。

　金屏風を背に舞妓さん。〝打ちましたっ!!　が、フライ球をキャッチしてアウト！〟「今度は本気、出しますえ」と、熱戦の火蓋は切られたのだが、途中からやたらとスローボールとなり、とうとう大きく空振りした舞妓さんの手からすっぽ抜けたバットが、襖にぶち当った。

「おねえさんに叱られますえ」

　幸いにも破れずに済んだが、それでゲームセット。

　図らずもこれが僕の初めてのお座敷遊びであることは間違いない。

エロディ漫才

人生の3分の2はいやらしいことを考えてきた。

「床上手って、知ってるけ？」

と、突然、聞いてきたクラスメイトのH。

高校卒業したら吉本に入って超有名な芸人に成るのが夢だというが、如何なものか？

顔が合うと近寄ってきてエロネタを振ってくるのはいいが、場所をわきまえないのが大の難点。他校の女子も乗っている下校時の電車の中で、またもおっ始めやがった。

僕が漫才の相方であれば、ここは「君、何を言い出すねんな」と、早々にツッ込むところだが、まわりの乗客からコンビと取られるのも癪なので、しばし、シカトしてたら、

「上手（ジョーズ）と言ってもサメとは違う、床ジョーズ！」

と、声を張り上げた。

たぶん、温めてたギャグなんだろう。Hは自ら、率先して笑っているが、車内は逆に静まり返った。その頃、スピルバーグ監督の『JAWS』が公開。大ヒットとなっていたこともあり、このギャグはそのパロディ。いや、エロに貶めた〝エロディ〟と言うべきか。

何もこの場に居合せた誰かが後にそれを仕事にまで昇華させたとは考え難いが、今でも海外エロビデオの邦題としてそのセンスは受け継がれているのである。

有名どころでは『パイパニック』。元ネタはもちろんJ・キャメロン監督の『タイタニック』。後に同監督の『アバター』もエロディ化され、その邦題は『オマター』。たぶん同一犯、いや同一人物が考案したものに違いあるまい。

かつて、僕はビデオショップでそれらのパケ写を見つけると、本編の内容は考えず即買いしていた時代があった。

他にも『ハーミデーター』や『アーンイヤーンマン』などなど。敢えてもう元となる映画のタイトルは書かないけど、世に言う大ヒット作が公開される度にエロディ邦題もその後を追って次々に生み出されてきた。

Hもあの時、決して向いてると思えなかった芸人など目指さず、もっと自分を活かせる職場を捜すべきだったと思う。

僕までも笑わない車内。それがかえってHの意地を増幅させてしまったのだろう。

「床ジョーーズって、知ってるけ？」

今度はかなり〝JAWS〟に近い発音で言って、もう一度、観客（いや、乗客）の反応を窺ってた。

その孤立感が大層、気の毒に思えてきて僕は、

「何をさっきからしょうもないこと言うとんねん」

と、相方ではなくあくまで友達としてフォローしたつもりだったが、それで勢いづいたか、

「実はうちのオカンがその床ジョーズでな」

と、Hは何やら放っておけない話を振ってきた。

たぶん、以前にも聞かされたことがある、親の寝室から漏れ聞えてきた悩ましい声の一件をここで持ち出すに違いない。

時として関西人は、笑いを取るためにはどんな手口もいとわないことがある。

でも、車内はマズイ。受ける受けないの問題ではない。「もう、ええわお前の話」と、僕が終らそうとして言うと、「何、勘違いしてんねんお前。オカンが床を上手に拭きよるって話やで」と——

後に見つけたが、エロディ邦題にもやはり『床ＪＡＷＳ』はあって、流石の僕もこれだけは買う気がしなかった。

ときめき夫婦

人生の3分の2はいやらしいことを考えてきた。

〝ときめき〟というものは、何も思春期の代名詞ではない。

かなり熟年のそれにも起ることがある。

10年ほど前からエロスクラップ作業中は、必ず素人投稿雑誌の付録ＤＶＤを流しっ放しにしているのだが、それは実性活での枯れが原因で、フィクションのＡＶから素人の行うリアリズムの方に移行したのである。ちなみにスクラップは先週から６７０巻目に突入。枯れれば枯れるほどその製作意欲とスピードが増す。これもひとえに素人エロ投稿者のお陰だと感謝しているのだが、こんな御時世、くれぐれもお身体には気を付けて、末永くアブノーマルプレイに励んで頂きたいと願うばかりだ。

ファッション誌で言えば、読者モデルってことになるんだろうが、投稿誌では大概、読モに目消し（またはモザイク）が入っている。合意の上とはいえ、プレイ中以外の日常生活に支障をきたしてはいけないという配慮からだ。

しかし、僕のように長年それを観続けてる者にとっては、たとえ素顔が分らなくとも敢えて目消し状態をイメージして該当者を割り出すことが出来る。だから、あの時見掛けた熟年夫婦は投稿ペンネーム〝曼珠沙華Z（仮）〟に間違いない。

数年前、新人編集者と取材旅行先の車中で立ち話をしていると、ある駅で大勢の客が乗り込んできた。何気なく一つ隣のドアに目を向けていると、その中にその熟年夫婦とおぼしき二人が混じっていてハッとなった。

仕事柄、いろんな有名人ともお会いしたが、こんなに胸が騒ついたのは初めてである。

正しくドリーム・カム・トゥルー。必死で二人の姿を目で追っていると、「どうかしました？」と、編集者が怪訝な顔をして聞いてきた。

きっと説明すると彼も興味津々になるだろうと思い、掻い摘んで曼珠沙華Zのプレイ内容を耳打ちした。すると、乗ってくるどころか、「見間違えじゃないスか」と、まるでUFO目撃談のように疑ってかかる。

「いや、僕の目に狂いはないって！」

もう、ここからでは混み合った車内、頭ぐらいしか見えないが、その強力な証拠として妻が雑誌に寄せたコメントのことも話した。

〝御主人様の言い付け通り、歳甲斐もなく常時ミニスカを穿いております〟

今日もその誓いを守っておられたからである。

「へぇー」

反応はさらに薄かった。

「今度、あの夫婦の写真を貼ったスクラップ見せるから」と、僕はムキになって言ったが、よくよく考えると自分も若い頃、熟年のそんなプレイにときめくどころか、嫌悪感すら抱いたものだ。

しばらくして次の駅に停車した時、何と人を掻き分け曼珠沙華Ｚの御両人がこちらに向ってくるではないか。どうやら空いてる席を捜しているようだ。トレードマークのミニスカ。その上、高いヒールを履いているので、不恰好なガニ股歩きになっている。やはりその異様さは若い編集者にも伝わったようで思わず「マジっスか」と呟いた。

一席空いたシルバーシート、夫に譲ることなくドカンと座り「あーしんどいしんどい」と、付録のＤＶＤで聞き覚えのあるダミ声を発した。これじゃＳＭの立ち位置は逆じゃないか。さては野外露出プレイで毎回、大股開きするのは、何も〝御主人様〟の指示じゃなく、単なるだらしなさかもな、と僕は思った。

手作りパンツ

人生の3分の2はいやらしいことを考えてきた。

夏が来れば思い出す　手作り水着　とおい空
「私、末っ子だから、いつもお姉ちゃんのお下がりばかり。だから、欲しいものは何だって作る癖があるのよ」

と、かわいく語る彼女。ファッションデザイナーを目指し上京、専門学校に通ってたと聞くが、その夜、「だったら、作る！」と言い出した時、やはり止めるべきだった。

先輩から1泊の温泉旅行に誘われたのが1カ月ほど前。「うちはカミさんといっしょだから、彼女でも連れてくれば」と、言われた。その時、現地でのことをも少し聞いておけば良かったのだが、何せ彼女に早く知らせたかったもので「行きたいです」と即答した。

すると、旅行の前夜、先輩から「旅館の近くに海水浴場があるんで、一応、水着は持ってきてよ」と再度、電話が入った。彼女の家に行きそのことを話したら「私、水着なんて持ってないから」と、少し困った顔をした。

実は僕も持っていない。そもそも泳ぎが得意じゃないから、二人で海になんて行ったこともなかった。

その時、彼女は閃いたのだ。だったら作ればいいんだと——

「それはどうかな？」

僕は彼女の機嫌を損ねないよう、やんわり否定したつもりだったが、既に裁縫道具を机に並べ、メジャーを手に僕のおなか回りを採寸し始めた。

測り終えると今度はバスタオルを持ってきて「これで作るから」と、言うのだった。

「いや、いらないって！」

流石に僕も声を荒げたが、

「大丈夫、心配しないで。腕には自信あるから」

と、言うことを聞かない。

「おなかのとこ、ゴム入れるからきつくなんないと思うよ」

その時には僕も観念して「それは助かる」と、答えた。

バスタオルを裁断しながら「ミシンがあればなぁ」と、呟く彼女を見て、これは徹夜覚悟かと思った。僕は懸命に作業をする彼女の脇で、眠い目を擦りながら「おお、流石だね」と褒めるしか手立てはなかった。

「完成っ！」

〃って、これが……〃それはまるでドリフのコント衣装。トラ柄であれば正しく雷様のパ

ンツである。

「足の裾のとこにもゴム入れたから大丈夫だよ」

何をもってそれを大丈夫と呼ぶのか？

「さぁ、次は私のを作らなきゃ」

結局、二人は一睡もせず朝を迎え旅に出た。温泉に向う途中、その海水浴場の近くで車を止めた先輩。「行こうよ」と誘われ、僕は仕方なく更衣室で出来たてホヤホヤのそれを着け海に出た。

しかし、問題はその不恰好より防水加工をしていないタオル生地にあった。海に入り気付いたがもはや手遅れ。たっぷり海水を含んだ手作り水着は今にもずり落ちそうで——

それにどうしたことか、彼女は着替えることなく、浜辺からこっちを見て爆笑してるではないか。旅館に着くまで僕はずっと不機嫌だった。

男の変格活用

人生の3分の2はいやらしいことを考えてきた。

老いるショックの影響だろう、先日、風呂に浸っていると突然、

「だろだっでにだななら」

という呪文のような言葉が頭に浮んできた。コレ、何だっけ？　続いて、

「かろかっくいいけれ」

ってやつも、芋づる式に上ってくる。

よくよく考えるとそれは中学生の時、国語の授業で習ったもの。当時の先生の名前まで浮んだが、それが何の意味だったのか敢えて調べないことにした。でも、何らかの活用形だったことは間違いない。

ところで、当然、みなさんも、男性器の呼称はその年齢によって変わることを御存知であろう。仮にここでは〝チンチン変格活用〟と名付けるが、それは学術的に幼児語の類いとされている。自ら言葉を発することが出来ない初期段階に於いて、それは晒しもの状態で、子誉めに来た親戚縁者、または友人の口から、「オチンチンもかわいいわねぇーウフ

フ」と、飛び出すのが常である。この場合、頭に〝オ〟を付けて呼ぶのは、赤子のものと言えど、親御さんの手前、そうしないと失礼に当るからだと思われる。

チンチンはやがて、成長し、その呼称を〝チンコ〟と変える。敬称付きで呼ばれる場合もあるが、大概はタメ口。それは、自ら名乗れるようになったことが大きな原因だ。

ここで、チンチンとチンコ、そのニュアンスの違いが分らない人のために、僕の名前に当てはめて考えてみよう。

チンチン＝じゅん　／　オチンチン＝じゅんちゃん
チンコ＝みうら　／　オチンコ＝みうらじゅん

ざっとこんなところであろう。

かつては排尿時の短いホースぐらいにしか思ってなかったものに、どうやら他の使用目的があることを知る時期。それを動物界では発情期、またはサカリと呼ぶが、人間界ではそのムキ出しな表記を避け、思春期、または青春期とする。

当然、その時期には呼称も変わり、チンチン変格活用の最終形とも言える〝チ○ポ〟となるのだ。

○は伏字の意であり、チマルポと読むのではない。これも当然、ムキ出しな煩悩を少しでも回避するための配慮である。

世に言う〝大人の階段〟ってやつは、たとえそれが自分の物であっても、その最終形だけは公言してはいけないという約束の下に存在するものだ。

ニュアンスはこうなる。

チ〇ポ＝みうらでおま！　／　オチ〇ポ＝みうらじゅんだけどどうよ？

これでは流石に押し付けがましい。もっと控えめな呼称はないものか。

しかし、こんな例外もある。行為に及ぶ前、つい、こちらから「よろしくお願いします」と、言ってしまいそうになるほどの、相手がどう見てもその道の達人である場合だ。

パンツを下した時、

「まぁ、このオチンチンかわいいわぁ」

それがたとえ赤子扱いではなく彼女なりのサービストークだったとしても、男はしばらくの間、深く凹むことは間違いないのである。

寂しい時もあるけれど

人生の3分の2はいやらしいことを考えてきた。

何年か前、大きな観光ホテルに宿泊した際、そこの喫煙所で見知らぬおじさんから「家族旅行かい?」と、声を掛けられたことがあった。「はい」と答えると、おじさんは「俺はね、気ままな一人旅でね」と、言って笑った。タバコを喫い終えた僕が喫煙所を出ようとすると、

「もう1本くらい、喫っていかない?」

と、人懐こい顔でそう誘ってきた。ま、部屋に戻っても別にすることもないし「それでは」と、僕はまた1本、タバコを咥えた。すると、おじさんは「実は俺はね、長年、親の介護で結婚もしてなくてな」と、長くなりそうな身の上話を始めた。

「だからと言って、孤独じゃないんだよ」

と、自ら打ち消し、

「ま、今、俺が死んだら、孤独死って言われるんだろうけど、こちとらようやく一人旅も出来るようになって、日々楽しく暮してんだ。勝手に孤独って決め付けて貰っちゃ困るん

だよな」と、続けた。

その間、僕の頭の中に浮かんでいたものは吉田拓郎さんのデビュー曲『イメージの詩』の一節、〝孤独をいつのまにか　淋しがり屋とかんちがいして〟だった。

自分がひとりであるとつらく感じる心理状態が孤独というのであれば、むしろその方が楽しいと言うおじさんは該当しない。

そりゃ人間だもの。寂しくなることはあるだろう。だから僕に話し掛けてきたのかも知れないし、そんな人の気持ちも汲まないで、勝手に孤独と決め付けるのは確かによくないと思った。

おじさんは話し終ると、「じゃ、元気でな」と言って、先に喫煙所を出ていった。

そういえば僕も〝寂しい人〟と、決め付けられそうになったことがある。よく行ってた家の近所のマッサージ屋で一度、施術終りに領収書を求めたことから「シャチョーサンネ」と、不思議な解釈をされて以来、僕のことをそう呼ぶようになった中国系女性からである。

いつもはマッサージ師らしい白衣をまとっているのだが、その日は何だかセクシーなチャイナドレスを着ていて、太い腕と脚が露出してた。ま、これで部屋の内装まで様変りしてるならすぐに怪しいと気付いたのだけど、いつもの診療台にうつ伏せで寝ると、いつも通りの施術が始まったので僕は彼女のコスプレの理由をこれ以上、考えるのは止めた。

気持ち良くてウトウトしてきた頃、

「シャチョーサン、サビシイ、ダロ」

と、彼女の声がした。

そんなこといきなり言われても困る。よくよく考えて、

「そりゃ寂しい時もあるけど、今は寂しくないよ」

と、答えたのだが、彼女は、

「ソウジャナイヨ、コッチノ、ホーダヨ」

と、言って尻の方から僕の股間を触ってきたので驚いた。これはどうやら施術とは別に新メニューを導入したようだ。寂しいと決め付けられたことも嫌だったし、そんな気分にも成れない。キッパリ断ったら彼女は何も答えなかった。

それ以降、記憶がないのはすっかり寝てしまったから。次に自らのでっかいイビキで目を醒(さま)したのかと思いきや、出元は何と彼女の方。いつから施術を止めたのか分らないが、椅子に腰掛け爆睡しているではないか。それは流石に寂しさを通り越して、孤独を感じずにはいられなかったのだけど。

『イメージの詩』作詞・作曲：吉田拓郎

ギャルと国会

人生の3分の2はいやらしいことを考えてきた。

いわゆる、それらを総称し〝ギャル雑誌〟と、呼ぶようになったのは、'78年に創刊された『ギャルズライフ』からだったように思う。以降、たくさんのギャル向け雑誌が刊行されるようになるが、それはまた僕のような駆け出しイラストレーターの食いぶちでもあった。しかし、ただ、ギャルをかわいく描けばいいだけじゃない。

「今回、生理用品の特集なんだけど、出来る？」などと、編集者に聞かれた時も一応、「大丈夫だと思います」と、答えたが、ちっとも大丈夫じゃなかった。今のように何だってスマホで即、調べられる時代じゃない。唯一の頼りはつき合ってた彼女。

「悪りぃ、ちょっとタンポンを入れるポーズして貰えないかなぁー」と、お願いするしか手がないのだが、当然のこと「何でそんなことしなきゃなんないの！」と、返ってくる。

でも、急な依頼は〆切り日もやたら近い。そんな苦しい事情を説明し「そこを何とか！」と、彼女に手を合す気持ちで頼み込むと、「もう！　モデル料取るよ」と、言って最後には引き受けてくれた。当時、ヘタウマと称された僕のイラストだけど、ギャル雑誌の場合、そんな優しい彼女の協力もあったのだ。

何も〝早い〟をモットーにしていたわけじゃないが「明日までにお願い出来る？」を、どんどん引き受けてる内に、何社かのギャル雑誌から依頼がくるようになった。

ある日、その一誌の担当編集者から呼び出され、酒の接待を受けた。

「君は創刊号から描いてくれてるんだって？」

同席したその男は新しく代った編集長だと言う。

「ですね」と、答えると「今まで1点、いくらくらいイラスト料、払ってた？」と、今度は隣に座る担当者に向け聞いた。

「さぁ？　いくらだったかな？　みうら君、知ってる？」

当然、ギャラ交渉などないし、気にして通帳を見たこともない。

「さぁ？」

と、同じように首を傾げると、新編集長は、

「じゃ、俺の代からはイラスト料を倍にするから」

と、言った。

〝えーっ、倍っ!!〟

今、思えばそれは日本がバブルに突入した証しでもあった。僕は「ありがとうございます！」と、深々と頭を下げた。

酔いも手伝い、いい調子でその後、彼女の家に寄り、今日の出来事を喋った。

「だったら私のモデル代も出してくれてよくない？」

「だね、考えとく」

しかし、それは二人のつかの間のバブルに過ぎなかった。

翌月、勇んで行った銀行で通帳を確認したところ、倍にはなっていたのだろうが、４０００円の入金。これによって今まで１カット、２０００円で描いてたことが分り、少しガッカリした。ま、それは駆け出しなのだから仕方ないと、彼女には報告しなかった。 

それからしばらくして、ギャル雑誌の目に余る過激さが問題となり、国会でも取り上げられるという事件に発展した。

たまたまテレビでその国会中継番組を見た時、彼女は思わず言った。

「これ、私がモデルしたやつじゃん！」

何と、驚いたことに議員が雑誌を開いて見せたのは、僕がイラスト担当した記事ページだったからである。

寝バイク教習

人生の3分の2はいやらしいことを考えてきた。

Nはバイク好きで、車体に〝刀〟と明記されたでっかいバイクに乗っていた。

それで突然、うちのマンションに来ては「これからええとこ行かへんけ?」などと、遠出のフーゾクに誘ってきたりした。そもそもNは頭蓋骨からしてニヤけてるのか、いつも、満面に笑みを浮べてた。僕はガッカリはさせたくない一心で「ええよ」と答え、バイクの後部座席に乗っかるのだった。

「お前はホンマ、乗り上手やな。ノリノリや」

Nがそう言って褒めてくれるのも嬉しかった。僕はいつもNの腰に軽く手を回しリラックスした気分でいた。その頃、既にロン毛だった僕の髪が、ヘルメットの下からはみ出している。それが風に勢い良く靡(なび)いてるもので、横を走る車から〝ヒューヒュー!〟などと、冷やかしの声が聞えてくることもよくあった。

彼女と見間違えられているのだろう。仕方ないと無視していると、Nが僕に向け「オレ、何か勃起しそうやわぁー!!」と、大きな声を上げてくるではないか。それは冷やかしてきた者にさえ、サービストークで返すNの優しさだと思っていたが、バイクを降り、よくよく聞いてみるとそうではなかった。「オレな、バイクに人を乗せるとつい、寝バイクのこと思い出して勃起してしまうんやわ」と、言う。こいつ、やっぱりどうかしてるなと思ったが、〝寝バイク〟って、一体、何やねん？「それ、寝バックと違うんけ？」と、僕が正そうとすると、「それとは違うって。寝バイクの場合は体位が逆や」などと、Nは得意気な口調でその説明を始めた。

「先ずな、後ろに彼女を乗っけたバイクが、ベッドの上で横倒しになってるとこを想像してくれや」

「って、何やねん、それ？　急に言われても……バイクはその場合、ないんやろ？」

「あるわけないやろ。想像上や」

「分った。想像した」

「その上、二人はヌードライダーな」

「いや、ちょっと待ってーな。そのヌードライダーって何やねん？　スッ裸？　当然、ヘルメットもかぶってないわけ？」

「寝バイクにそんな交通規則あるかい！　ノーヘルや」

「それ、ライダーの意味あらへんやん」

「それもそうやけどな……」

その時、Nは初めて寝バイクの不備に気付いた様子だった。

「でもな、メット越しやと肝心な彼女のセリフが聞き辛いやろ」

「いや、よう分らんけど、ヌードライダーは背後から何か言うてきよるん？」

「そやねん。時には女教師と生徒の関係やったり、設定はその都度、変わるんやけどな」

「って、何？　それ、単なるイメクラやん！　よう、彼女もそんなプレイ、つき合うてくれるなぁー」

「違うって、お前と同じく彼女の方もノリノリなんやて」「誰やねん？　その彼女って」

「お前も知ってるK子やんけ」「あのコがヌードライダー？」

「それでな、耳元でいやらしいセリフ囁きながら、背後から回した手でオレのクラッチレバーを握ってきよるねん」「って、そんなもん、どこに付いとるねん！」

その後もNはドライブインでアクセル全開。エロ話をふかしまくりだった。

裏本ショッピング

人生の3分の2はいやらしいことを考えてきた。

いい大人なら、「ちょっと行きつけの」と言えば、今夜のシメに小粋なバーにでも誘ってくるところだろうが、僕の友人には誰一人、そんな奴はいない。Kに至っては、それが居酒屋でもなく、フーゾクでもなく、シメはいつもエロ本屋だった。久々に来た新宿・歌舞伎町で「土産ぐらいは欲しい」と、Kは観光客のように言うが、そこは独身。帰ってからのオカズが欲しくて堪らないのだ。

僕も嫌いな方じゃない。むしろ好きだけど、その夜はちょっと気が進まなかった。それはKがその頃、裏の世界で話題だった〝裏本〟ってやつを見てみたいと言い出したからだ。

裏本とは、無修正のエロ本。要するにモロエロである。上品ぶるわけじゃないが、僕は好みじゃない。でも、つき合いの良さも親友の証しだ。しばらく二人で歌舞伎町を徘徊し、ようやく裏路地で〝裏本有り〼〟の看板を見つけた。

とても嫌な予感がしたのはその店が古びた雑居ビルの地下だってことだ。

「どうする？」

僕はその時、ブルース・リーの映画『死亡遊戯』を思い浮べてた。

「今更、どうするもないだろ。行くしかない！」

Kは強気な発言をした。

恐る恐る地下に降りるとそれらしいドアが見えたが、店名の表示はなかった。

「どうする？」

「開けるしかないだろ」

Kはそう言ってドアノブに手を掛けた。そして、そろりそろりとドアを開けた。

僕はKの背後に隠れるようにして中の様子を窺ったのだが、その十畳ぐらいの部屋は照明こそついてはいるがもぬけの殻。奥にただパーテーションボードがあるだけで、本など置かれてた形跡すらもない。

「潰れたんじゃない」と、僕が言い、少し気が緩み部屋の中に足を踏み入れてしまったのがいけなかった。その瞬間、パーテーションの裏から突然、一人の男が飛び出して来て、僕らの前に立ちはだかった。そして、やたら額が狭くて眼光鋭いその男はこう言ったのだ。

「どんな裏本が欲しい？」

ビビりまくる僕らは顔を見合わせ、ユニゾンで「どうする……？」と、声を震わせた。

何を言ってもこの先、高額を吹っかけられることは間違いない。だから、今僕らに問わ

れているのはどんな裏本がいいかを話し合うことじゃなく、この場をどう切り抜けるかだ。しかしKは、

「SMモノあります?」

と、聞いた。すると、男は間髪入れず「あるよ」と、言う。いや、だからここはありそうにないジャンルを言わなきゃ……そこで僕が、

「えー、和服の下が水着で……」などと、話し始めたら男は「あるよ」と言って、今度は僕らを睨めつけてきた。きっとパーテーションの向うには決った裏本が何冊か積まれているだけに違いない。

「じゃ、こんなのあります?」それでもしばし問答を続けていると、天の助けか新しいカモがドアから入ってきたではないか。
〝虎穴に入るも虎児を得ず〟僕らはその瞬間、一目散に部屋を飛び出したのだった。

亀の持ち主

人生の3分の2はいやらしいことを考えてきた。

〝UMA〟とは、謎の未確認動物を意味する和製英語の頭文字を取った呼称。

ネス湖のネッシーや、ヒマラヤ山脈のイエティがその代表格だが、日本のツチノコ、河童、人面犬などもしかりである。

確認が取れていないことがUMAたる所以だとすると、この件はどうだろう？

まだ、僕が小学校低学年の頃、あるお菓子メーカーのチョコの空き箱を集め送ると、抽選で当時、存在自体珍しかったミドリガメ（どうやら本当はアカミミガメの亜種だったらしい）が当るという企画があった。

何よりも、生きたままそれが送られてくるということが話題だったが、中には「死んどったらどうすんねん」という、否定的な意見もあった。当然、僕も応募したのだが結局、まわりの誰一人それを手に入れることは出来なかった。

それから随分経ち、大学時代。友達となつかし話に花が咲き、例のミドリガメに話が及んだ時「ボク、それ、当ってなー」と、Kが言い出して驚いた。

「い、生きてた？」

先ず、そこが聞きたいところだ。Ｋは「あぁ、生きてたけど……」と、まわりの反応をよそに、至って元気のない返事をした。よくよく聞いてみるとその理由は、送られてきた翌日、いなくなったことにあった。

いや、いないわけではなく、正確には自分のミドリガメだという確認が取れなかったと言うのだ。

「嬉しくて小学校に持っていったボクが悪かった……」

休み時間、寄ってたかってみんなが「触らせて」と言うもんだから。少し油断した、その透（す）きにミドリガメは消えたらしい。

教室中、捜したけどいなくて、そのまま落ち込んで家に帰ったがその翌朝、「オレも当った！」と、不良で名高いクラスメイトの一人が得意気に言ってる声を耳にしたという。そいつの机のまわりは人だかり。Ｋは〝もしや……〟と思って、そのミドリガメを確かめに行ったが、昨日、いなくなったものかどうかなど判別がつかない。

「それ、ボクのと違う？」

と、聞く勇気がなかったことも落ち込みに拍車を掛けたらしい。そんな当時のＫに同情もしたし、幸福と不幸はいつも背中合せだということを学んだものだ。そうそう、そういえば僕にも一度、ＵＭＡを感じたことがあったな。

つき合ってた彼女の、あろうことか太腿の付け根あたりに大きなキスマークらしき痕跡を見つけた時だ。

行為中だったこともあり、その時は指摘しなかったが、終った後、遠まわしに「足、ぶつけたぁ?」と、聞いてみたら彼女は焦った様子もなく「ないけど」と、答えた。

「いや、太腿のとこにぶつけたようなアザがあるけど」と言った瞬間、彼女は思い出したように「それ、君が付けたキスマークでしょ、もう止めてよね」と、笑いながら返したのだ。

いや、いくら夢中とはいえ、気を付けてはいるつもりだ……

しばし、二人の間に緊張感が走った。信じたくはないけれどそのUMAは、蛸のような吸い口と、亀の頭のような武器を持つ、通称・間男ではなかったか?

考えれば考えるほど不安は募るばかりであった。

大ブレイク前夜

人生の3分の2はいやらしいことを考えてきた。

'80年代後半、吉本興業の大﨑洋さんに「絶対、じゅんちゃん、気に入ると思うわ」と紹介されたのが、ダウンタウンだった。

それで、公開生放送の『4時ですよ〜だ』という番組を、視察を兼ねて見に行った。

会場は二人のトークが聞えないくらい歓声が飛びかっていて、既に大阪ではアイドル的存在だった。

基本はボソボソとしたトークなのだが、話の展開が従来の漫才とは全く違う。ボケ役の松本人志（通称・松ちゃん）にマニアックな要素があり、僕は大﨑さんが言う通り、すっかりファンとなった。ある小説誌に『ダウンタウン巡礼の旅』と、題した紀行文も書くほどに。それはビートルズのゆかりの地を訪ねる風に、彼らの故郷・尼崎や、劇場近くのよく行ってたであろう定食屋などを1日がかりで調査して回ったものである。

そんな縁もあり、大阪で『働けダウンタウン』という深夜番組が始まった時、僕はレギュラー陣の一人となって、毎週、ワクワクしながら新幹線に乗り込んだ。そのある回に先輩芸人がゲストで登場、浜田雅功（通称・浜ちゃん）のツッコミの甘さを指摘したことがあり、同じ楽屋で浜ちゃんが荒れているところを見た。

しかし、それが浜ちゃんのアレに繋がったのではないかと僕は睨んでる。翌週、迎えたゲストとトーク中、変な間が出来た。その瞬間、浜ちゃんは「お前、何か言えや！」と言って、そのゲストの頭を、しばいたのだった。

僕はその初しばきを、至近距離で見られたことが今でも自慢のひとつだが、当然、スタジオ内は凍てついた。

それからも懲りることなく、ゲストの頭をしばきまくる浜ちゃん。絶好調であったが、ある回のゲスト名を個室楽屋の貼り紙で知った僕は、思わず浜ちゃんを呼びに行ったくらい驚いた。

太マジックで〝ドルフ・ラングレン様〟と書かれてあったのだが、たぶん御本人は認識不可能だったろう。

「誰やねん？　それ」と、浜ちゃんが聞いたので、僕は別称〝人間核弾頭〟と呼ばれるアクションスターだと答えた。彼の主演映画『レッド・スコルピオン』のPRで来日していたのだ。

その狭い個室楽屋に人間核弾頭がどんな状態で出番待ちをしているのか考えただけでも笑いを堪えるのに必死だった。

本番が始まり、僕はいつもの末席に着いた。ダウンタウンに挟まれた人間核弾頭は格段にデカく見えた。そして映画のＰＲを始めたのだが、浜ちゃんはしばらく黙って聞いていた。

流石に躊躇してるのだろうと思ったが、いい瞬間を見計らって、

「お前、何言うてんのか分らんわ！」

と、人間核弾頭めがけ手を振り下ろした。

すわ、大惨事。殴り返されるのではとヒヤッとしたが、彼はそれどころか余裕の笑みすら浮べてた。

その後、周知の通り全国区で大ブレイクするダウンタウンだが、僕は今でもそれに人間核弾頭が一役買ってる気がしてならない。

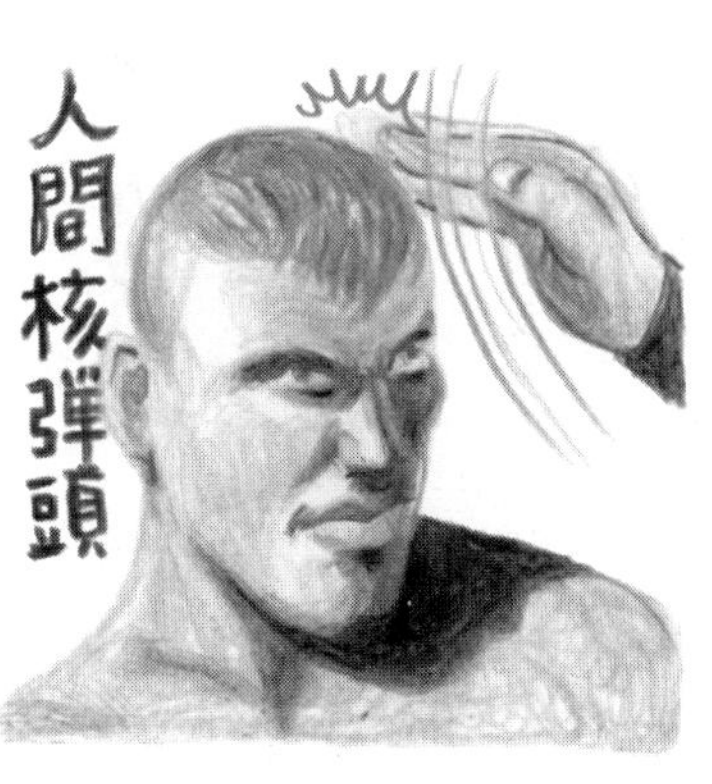

哀れなザッパ

人生の3分の2はいやらしいことを考えてきた。

若い頃、ロックを聴いてガツンとやられたクチだから、変態呼ばわりされることにさほど抵抗がない。いや、むしろそれに成れず、随分ノーマルな考えやニュートラルな立場に悩んできたというのが正直なところである。

「コレ、相当、変態だから」と、学生時代の友人Kがうちに遊びに来た際、持参したフランク・ザッパのレコードアルバム数枚。「お前は絶対、気に入ると思うよ」と、床の上に広げたが、どれもひどい邦題が帯に書かれてあり、僕はちょっと引いた。

『イリノイの浣腸強盗』

『娘17売春盛り』

『いまは納豆はいらない』

『ハエ・ハエ・カ・カ・ザッパ・パ！』

で、ある。英語がからっきしで、原題ママ訳したのかすら分らないが、最後の『ハエ・ハエ――』に至っては、当時、話題のキンチョールのCMからパクッたのは明白。

友人は「これらをいくらかで買って欲しい」と、言うのだがどうしたものか？

「集めてたんじゃないの？　ザッパ」

僕が不思議に思って聞くと、Kは「近々、あのコと結婚することになってな、もう、いっしょに住んでるんだよ」と、言った。フツーならそれがザッパと何の関係があるのかと思うところだが、僕は何度か彼女に会ったことがあり、すぐに事情は読めた。

「ファンシーグッズ好きだったもんな、彼女」

僕は言って、二人の今後に少し安堵した。

「もう、いくらでもいいよ。俺はこれをお前が保管してくれてるだけで安心なんだから」と、まるでうちの部屋を貸倉庫みたいに言うもんで、「レコードから帯を外しておけばいいんじゃない？」と、僕は返した。

「それじゃダメなんだって。だって本当は『全部、捨ててね』って言われてるんだからぁ」

ザッパに関してはさほど詳しくない僕だけど、名盤とされる『フリーク・アウト』は持っている。さては取り分けひどい邦題のものだけを僕に押し付けようとしてるんだな……。

「いや、それにさ、最近、家の近くの公園に出没するという変質者がさぁー」

と、Kは突然、話題を変えた。

「俺は目撃したことないから分んないんだけど、聞くところによると、ロン毛にヒゲ面で、やたら鼻がデカイってさ」

「えっ？　それ、ザッパの特徴じゃなくて？」

「だよね。彼女、それ知ってからさらにザッパ嫌いに拍車がかかっちゃって」

ザッパにしたら、とんだとばっちりである。僕は何だか気の毒な気がして、

「そもそもロックの変態性とは社会に対するアンチテーゼと、その飛び抜けた鬼才ぶりでしょ。あのコには一生、理解出来ないだろうけどな」

と、熱く語ったのだが、変態といやKにもSM癖があったじゃないか。

「それは彼女、いいわけ？」

そこを問い詰めてやろうと聞いたが、

「縛られると喜ぶから、あのコ」

と、ファンシーの意外な一面をあっさり暴露した。

〝せいぜいお幸せに〟

僕はそれで、すっかりレコードを引き取る気が失せたのだ。

キングが二人

人生の3分の2はいやらしいことを考えてきた。

〝千の顔を持つ男〟とは、プロレスラー、ミル・マスカラスの日本でのキャッチフレーズだ。試合毎にマスクを変えることからそう呼ばれたが、実際、スペイン語でミルは〝千〟、マスカラスは〝仮面〟の意味だという。

リングでのしなやかな動きと、くり出される超絶カッコイイ空中殺法に僕もすっかりハマり、プロレス誌『ゴング』に付いたマスカラスのピンナップポスターを自室の壁に貼っては崇めていた。

今、思うとそんなスーパースターが千枚くらいのマスクを持っていたとしても何の不思議もないが、僕はその頃、まだ中学生。〝いくら何でも千は言い過ぎやろ？〟と、疑っていたのも事実である。

しかし、それから数十年、ある雑誌に載っていた僕のプロフィールの一文を読んで少し驚いた。

〝百の職種を持つ男〟と、書かれていたのだ。

そんなこと自ら言った覚えは全くない。そりゃ、今までいろんなことをやってきたが、マスクの数と違い、職種の百はいくら何でも言い過ぎやろ！

思うにそれは、入稿間際まで僕の肩書きが浮かばなかった編集者がテキトーに考えたキャッチフレーズに違いあるまい。他の雑誌のプロフィールにも流用されたこともあって、いつか誰かがＪＡＲＯに通報しやしないかとヒヤヒヤしてたのだが、しばらくしてそれが〝サブカルキングの異名を持つ〟に差し替えられた。

当然、その短い期間に僕が王位を継承したなんてことはないし、第一、そんな王国はどこに存在するというのか。

時を同じくして、もう一人の王が現われた。〝ウンチクキング〟山田五郎、その人である。山田さんの場合、その頃、蘊蓄(うんちく)を競う深夜番組で優勝を果していたこともあり、そう呼ばれておかしくない状況だったが、山田さん自らがそれを名乗ったところは見たことがない。

そんなＷキングがある時、ＣＳ局で番組を持つことになった。打ち合せで制作の男は、「文化的な番組にしたいので、講義に相応しい教室を探してるところなんです」と、言った。

Ｗキングは「そんな大層な設定はいらないよ」と反発したが、結局、お任せすることにした。

収録当日、朝早くからその教室があるという場所に向ったが、そこはよくあるレンタルスタジオだった。既に山田さんは到着していて、控え室のソファに横たわり眠い目を擦ってた。それからWキングはスタッフに案内されその教室とやらに入ったのだが――

黒板を背に一本目の対談を終え、指定された物置みたいな所でしばし休憩を取った。そこには何故か飛び箱や丸めた体操用マットなどがあり、山田さんはそのマットの上に腰を掛けていた。飛び箱の布部分も同じだが、よく見ると各所に黄ばみがある……〝あっ!!〟その瞬間、僕は「座るな！　危険!!」と、山田さんに向って叫んだ。

「どうした!?　みうらさん」「ここは学園モノのAV撮影スタジオだよ」と僕が明かすと、「どうりですえた臭いがしとるはずや」と、言って山田さんは笑った。

エロ宮殿であることに気付いたWキングは2本目収録から、努めて下ネタ中心に講義を始めるのだった。

マガジン少年

人生の3分の2はいやらしいことを考えてきた。

「あんた、全然、勉強やる気あらへんなぁ」

日頃からオカンが言うだけあって、小学校の成績はすこぶる悪かった。

その頃、僕は愛読してた『少年マガジン』や『少年画報』などを参考に自作の雑誌作りの方に時間を費やしていたからである。

当然、メインは漫画だが続きモノもあれば四コマもある。読みものページには『ノンちゃん雲に乗る』に影響を受けた小説『ジュンちゃん地獄へ行く』も書いた。

そして、後ろのページには読者欄を設け、

「『らくがき君』が、とてもおもしろかったです」などと、これも自らが書いた。

それらをホチキスで留め、画用紙で表紙付け、雑誌名は『少年ラッキー』としたが、2号目は『少年パンチ』だった。

それをうちに遊びに来た友達に見せたが、中身を読まずして「ペラペラやん。これで雑誌のつもりなん?」と、編集長でもある僕を落胆させた。

勉強しない僕に気を揉んだオカンがとうとう「あんたに家庭教師、見つけてきたから」と、言った。

どうやって探したかは聞かなかったが、どうやらうちの近所のアパートに住む大学生らしい。名前は山本さんだったと思う。

それから週に一度、うちの家で勉強を見て貰うことになったのだが、僕にとっては格好の読者。初日から自作漫画を見せた。すると、山本さんはそれにじっくり目を通し、「この『スーパークレイジー』って漫画は面白いねぇ」などと、言ってくれた。

そんな感想欲しさに、勉強も少しはやったが次号の刊行に向け僕は精を出したのだった。

それから1カ月ほど経ったある日、いつものように山本さんを待っていたのだが、ちっとも来ない。

「あんた、行ってみたら」と、オカンが言うので、僕は勉強道具を持ち山本さんのアパートに向った。

脇の階段を登って、すぐ手前と聞かされていたから、その部屋のドアをノックした。

何の応答もないので今度は「山本さーん」と、僕は声を上げた。

すると、中からゴソゴソ物音がして、半分だけドアが開いた。

その時の山本さんは大層、慌てている様子だった。

「家庭教師の日やったなぁ、ゴメンゴメン」

「いや、オカンが山本さんとこで勉強見て貰うたらどうやと言うもんで」

僕はそう説明したが、一向に部屋に入れてくれる気配はない。

「ゴメンな、ちょっと急用が出来て、今日はお休みにしていいかなぁ」

山本さんが済まなそうに言ったもので、「分りました」と立ち去ろうとした時、その狭い上り口に似つかわしくない赤いハイヒールを見た。

今思うと、山本さんはその時、童貞喪失のチャンスだったのかも知れない。僕はいつもと態度の違う山本さんに「そうや、これ読んで下さい」と、昨日出来たばっかりの最新号を、差し出した。

「おーう！」と言って、山本さんは笑顔で受け取ったが、その日以来、音信不通。この街からも姿を消したようだった。

僕の心残りは戻ってこない最新号『少年ナイス』。すっかりやる気が失せ、廃刊を余儀なくされた。

ジェラス・ガイのころ

人生の3分の2はいやらしいことを考えてきた。

「女子高時代の英語の先生がホント、カッコ良かったからね。恋しちゃって、それで英語が上達したのよ」と、彼女が言った。

確かに得意科目になるにはそんな理由も大きいだろうが、僕は今更だけどジェラシーを覚え、「カッコイイって、どんな?」と、ぶっきら棒に聞いた。

「イギリス人でね、だから私のはイギリス英語なの」

そんなことは聞いていないし、アメリカ英語との違いもよく分らん。

その時、僕の頭に浮んでいたのは〝英語は寝て待て〟だ。そりゃ、その外国人教師とつき合っていれば容易に英会話が上達したはずだ。僕は口を尖らせズバリそれを問い詰めたが、「そんなわけないでしょ。クラスメイトのみんなが恋してたんだから、私が選ばれるはずないわ」と、彼女は笑いながら答えた。でも、よくよく聞いてみるとその野郎、「卒業を待ってクラスメイトの一人と結婚したんだから」だってよ。

〝危ない危ない……〟

と、ジェラス・ガイは、少し胸を撫で下した。その点、僕は何ら曇りはない。

いけすかない英語教師がある日、「もう、お前らに教える気を無くした」と、宣い「意味なんか分らんでもええから、来月までにこの全文、丸暗記してこい」と、僕を含めた数人にだけそんな宿題を出したことがあった。

それは教科書の4、5ページはあって、到底無理だと思われたのだが、「覚えてこないと留年さす」とまで脅されたもので、僕は仕方なく学校の行き帰り、般若心経のように唱え続けてた。

〝ワンデイインザサマーオブエイティーンフォーティワン、アンアメリカンシップワズセイリングニアートリシマツゥーキャッチホエール、ザメンオンザボートワズサプライズツゥシーファイブメンオンザアイランド〟

今でもここまでは空で言える『ジョン万次郎物語』の一節である。

「本当にそれで合ってる?」

一度、得意気に彼女の前で披露したらそんな指摘を受け、またも口を尖らせた。「でも、意味も分らず覚えてるってことがスゴイよ」と、彼女はフォローしたつもりだろうが、僕はバカにされたと少し傷付いた。

ある夜、彼女のアパート近くにあった喫茶店(夜はバー営業)に入った時、隣の席に座る外国人男性から声を掛けられた。

大層、酔っていることは分ったが、英語がサッパリ分らない僕はその場を彼女に任せた。

それで、よく意味の分らない会話はさらに盛り上るハメに。時たま二人が大笑いするのが僕にはとても気に食わなかった。

彼女は「コレ、彼の奢りだって」と僕に水割りを渡した。

初めから悪い予感はしていたが、その外国人はどうやら酔った勢いで彼女を口説き始めやがったようだ。

ボディタッチしてくる手を払い除けてはいるが、かつて英語教師に恋をしてた彼女だ。大して嫌がってる様子はない。

もう、我慢も限界だ！　僕はすっくと立ち上り、そいつの顔を睨めつけて例の「ワンデイインザサマーオブエイティーンフォーティワン――」を捲(まく)し立てながら彼女の手を引いて店を出たのであった。

Help!

人生の3分の2はいやらしいことを考えてきた。

向うからローリング・ストーンズのメンバーを乗せた船がやって来た。船着場近くにはこれから始まるワールド・ツアーの意気込みを聞こうと多くの記者が詰め掛けていた。大体のことはミック・ジャガーさんが語ったが、「もう、お金も十分過ぎるほどあるのにまだ、ツアーを続ける理由は何ですか？」などと、否定的とも取れる質問に及んだ時、長年の相棒であるキース・リチャーズさんはその木目のような顔の皺を緩ませ、

「女を濡らしたいからさ」

と、答えた。

僕はその答になってない答に対し、流石(さすが)だと思ったし、ケンイコスギ（〝権威濃過ぎ〟）に陥らないためにもロケンロール！同様、キープ・オン・バーカ！の必要性を感じた。

その模様をテレビで見て以降、僕は〝ない仕事〟を思い付いた時、先ず、バンド名らしきものを考えるようになった。ちなみに〝ない仕事〟とは、まだジャンルのない仕事のことである。

『勝手に観光協会』は、頼まれてもないのに日本各地に視察という名目で訪れ、頼まれてもないのに御当地ソング、マスコット、ポスターを勝手に制作、世に広めてるつもりの活動をいう。相棒はデザイナーで『タモリ倶楽部』の空耳アワーでも有名な安齋肇さんである。

「勝手にとはいえ、ツアー用の服はいるでしょ」

相棒はそう言って早速、胸に付けるエムブレムを制作、お揃いのジャケットを用意した。その上、お揃いの白い帽子も被り、お揃いのロン毛を靡かせたわけで。

ある時、勝手に観光協会は鳴門の渦潮を視察に行った。船着場前の長い列に並んでいると、中学の修学旅行だろうか、揃いの学ラン姿の一団が、これまた揃いのジャケット&帽子&ロン毛の僕らを見て何やらヒソヒソ話していた。

乗船する桟橋のところでハッキリ聞えてきたのが、

「やっぱ、ビートルズじゃねぇか」

まさかと思ったが、そのまま乗り込んだ。

それから一路、渦潮を目指し出航した。しばらくして、もうそろそろ現場に着くのでデッキの方へという船内アナウンスが入り、僕らも向ったのだが、

「今日は残念ながら小振りでした」

その後、船長から済まなそうに入ったアナウンス通り、その日の渦潮は、かなりガッカ

りするものであった。
学生の一団も同様で、そのやるせない気持ちをどうにかしたかったのだろう。デッキに立つ僕らに近づいて来て「あの、ビートルズさんですよね、いっしょに写真撮って貰えますか?」と、言ってきたではないか。
言うに事欠いてビートルズさんとは何だよ。思わず吹き出してしまい、僕らは「OK!」と英語で答えた。しかし、列を成した学生たちの対応で大変なことに。
途中で引率の先生らしき女性がその騒動に気付き、止めに入ってくれたのはいいが、「みんな、ビートルズさんはお忙しいのよ。写真はここまで!」って、大丈夫? 一団が去った後、相棒は海に目をやり、「渦潮さえもう少しデカけりゃね」と、呟いた。

鼻で笑う

人生の3分の2はいやらしいことを考えてきた。

〝天狗の赤は茹でた蟹　天狗の鼻は伸びたナニ？　天狗の下駄をはいた夜に　天狗の山は闇の国　テンと張ってグー　テンと張ってグー　Longest Nose No.1♪〟

みなさん御存知のようにと言いたいところだが、みなさん御存知ないとは思うけど、この歌は僕が20年ほど前に作詞・作曲した『Longest Nose No.1』の一節。

その頃のマイブームが〝天狗〟で、日夜、天狗のことばっか考えてたもんでとうとうCDまで発売するに至ったのだった。

そもそも天狗の由来は中国で、流星や彗星が駆ける狗（犬）に似ていることから天の狗、天狗と名付けられたそうだ。

しかし、それが日本に伝わり何故か山岳信仰の山伏の姿と結び付いた。

赤ら顔で鼻が長いのは山に住み着いた外国人がモデルではないかという説もある。

「天狗にする？　魚民にする？」というセリフはよく耳にするが、僕はまだ、一度も居酒屋で熱く天狗について語ったことはなかった。

外国人とはいえ、あの異常に長い鼻は盛り過ぎではないか？　ここで当然、考えられることは歌詞にもある〝天狗の鼻は伸びたナニ？〟。

古代からさまざまな意味で豊穣をもたらす呪力のあるものとされてきた男根。

未だ、オレのは太いだの長いだのと、やたら勝ち負けに拘るルーツが天狗の鼻にあるのではないか？

そう思うと何だか俄然、興味が湧いてきて、不得意なはずの山登りも何のその（って、ほとんどはケーブルカー使用なんだけど）、天狗伝説を求めて旅をした。

そして、その都度、土産物屋で天狗面を購入。群馬県の迦葉山（かしょうざん）では勢い余ってバカでかいのを買ってしまい、帰りはつらい旅だぜマウンテンだった。

それを仕事場の玄関先に掛けていたもので来客は驚きと同時に僕のことを「どーかしてる」（DS）と言った。

しかし、この面白さはどうにかして広めたい。とうとう外出時にも通常サイズの天狗面を持ち歩くまでになった。

新宿の飲み屋で友人と合流することになった時、僕はそれを入れた布製のバッグを提げ、現場に向った。

既に友人は店の奥の座敷席で彼女といっしょに飲んでいた。

天狗の話題に持ち込みたいが、きっかけがない。しばらくして友人がトイレに立った時、僕の傍らに置いたそのバッグの一部が妙に隆起していることに気付いた彼女は「ねぇ、そのバッグに何が入ってるの？」と、聞いてきた。

僕はチャンス到来と「何だと思う？」と聞き返した。すると彼女は「絶対、エッチなものでしょ」と、半笑いで言った。

僕は「そんなんじゃないよ」と、焦りながら言って、バッグから取り出そうとした。するとどーだ。中でポッキリ天狗の鼻が折れたではないか。

「何、ソレ!?」

と、彼女は気味悪がり、トイレから戻って来た友人に話した。

「変なもの見せないでくれよ！」

得意気に語ろうとした矢先、正に〝天狗の鼻をへし折られる〟とはこういうことだ。

王女な彼女

人生の3分の2はいやらしいことを考えてきた。

『ローマの休日』の王女のことを思ったのは、友人が彼女を紹介する際、言った「このコ、大金持ちの令嬢だから」が、単純に結び付いたままでのことである。

友人がどうしてそんな不釣り合いな女子大生を僕と引き合せたかったのか不思議だったが「趣味は油絵を描くこと」と、聞いて少し合点がいった。それは僕が美大生だったからだ。

「今度、絵を教えて欲しい」

と言われ、調子に乗って「いいよ」と答えたが、その場の社交辞令程度に思っていた。

しかし、それから数日して彼女からその件で電話が掛ってきた。

教えると言ってもこの四畳半のアパートでだ。当日、部屋を少し片付けて待ち合せた駅前に彼女を迎えに行った。

到底これから油絵を描くなど思えないエレガントなファッションで彼女はいた。

アパートの前に来て「ここだから」と、僕が言うと彼女は「まぁ……」と、ため息混じりな声を漏らした。

でも、友人を介してない時の彼女は思いのほか気さくだった。

結局、話で盛り上り絵は描かず仕舞。彼女は夕方近くまでいた。

僕が「次、来た時はちゃんと教えるから」と言うと、「でも、ここでするのはちょっと無理かも」と、それ以外にも取れる意味深なセリフを吐いた。

それからしばらく連絡がなかったので、僕は思い過ごしと諦めていたが、ある夜、突然「今、クローゼットの中に隠れて話してるのよ」と、彼女から電話があった。〝クローゼットの中？〟

どうやら部屋に大きいクローゼットがあるらしい。親に内緒の電話はこの中でするのだという。

「ねぇ、来週の頭どうしてる？」

と、聞いてきたので「何もないけど」と答えると、「来週、パパとママはフランスに行くのよ。だからチャンスだと思って」と、彼女は言った。

〝フランス〟も驚いたが、もっと驚いたのは〝チャンス〟の方。

「で、どこか都内のホテルを予約して貰えないかしら」

これは油絵を描くチャンスじゃなく、エッチのチャーンスだ！　僕はドギマギしながら「いいよ」と、即答した。

しかし、電話を切った後、宿泊費がとても気になった。

きっと彼女は、高級なホテルを言っているのだろうから。

色々、考えてみたが、僕にギリ払える所はビジネスホテルしかない。当日、彼女の口からは当然「まぁ……」が出たんだけど。

それでも頑張って、ツインベッドの部屋を取った。

「これ、二つくっ付けるとWベッドになるから」と、言って、僕は中間に置かれた電話台を退け、手前のベッドを力ずくで押した。その時である。

露出した床の上に口の部分を固く結んだ使用済みのコンドームがひとつ捨てられているのを発見したのは。彼女に見つからないようにと僕はそれを足で踏んで隠したが、もはや手、いや足遅れ。
「今のゴムでしょ！　踏んだの⁉　気持ち悪い！」
と、彼女は騒ぎ出し「ここでは無理」と捨てゼリフを吐いて部屋を飛び出していった。
僕はしばらく使用済みコンドームを踏んだまま呆然と立ち尽していた。

不良少年入門

人生の3分の2はいやらしいことを考えてきた。

僕が学園祭の舞台に立つと決めたのは、ヒロのせいもある。ヒロにカッコ良くギターを弾いて歌ってるところを見て欲しかったから。ヒロは愛称で、本名は広子。偶然だけど僕と同じ、高校2年生で、隣の県に住んでた。でも、互いの顔すら知らないのは、ペンフレンドだったからである。

〝いつか会いたいね〟と盛り上り、電話番号まで書き合ったこともあった。しかし、長い間それが実現しなかったのは、僕のキャラ設定に少々偽りがあったから。

〝バイクの免停食らった〟とか〝タバコを教師に見つかった〟とか、考えつく不良の要素を得意気に書き添えていたのだ。

ちなみに実際、バイクは乗っていたが、それはキャラ設定のナナハンじゃなく、原付だった。

でも、ヒロは「ダメじゃない！　本来の優しいジュンに戻ってね」などと、まるで長年つき合ってる恋人のような文章を寄こしてくれる。

ギターでたくさんオリジナル曲を作っていたのは本当だけど、手紙に書いたロックバンドは嘘。ひ弱なクラスメイトとフォーク・デュオを組んでいるのだけど、今回、初めて人前で演奏するんだ。

こんな絶好のチャンスを逃しては、一生ヒロと会えない気がして、僕は学祭が二日後に迫った夕方、意を決して電話を掛けた。

その時、電話口に女性が出たので、思わず「ヒロさんですか?」と聞いた。すると「はい」と言うではないか！「あ、オレ、ジュンですけど」と続けたが、先方は「はぁ⁉」と、素っ頓狂な声を上げた。

今度はフルネームを名乗り「ペンフレンドのヒロさんですよね?」と、改めて聞くと「それ、私じゃないです」と、言う。不思議に思って尋ねると「私は妹の広代で、それ、おねえちゃんだと思いますよ」だって。

とんだ大恥をかいたが「じゃ、お姉さんに代って貰えますか」と、気を取り直し言うと「おねえちゃんは今、お勤めに行っていていません」って……。

「はぁ⁉」

今度は僕が素っ頓狂な声を上げる番だ。

ヒロは高校2年生じゃなかったのかよ……。

僕は何だかそれで度胸が据わり、妹に学園祭の詳細を伝え「良かったら、お姉さんといっしょに見に来て下さい」と言って、電話を切った——。

〃今日の夜ブラリと出て　明日は見知らぬ街にいるさ　手には調子のはずれたギターをひとつ　後には引けねぇ家出だぜ　All right ♪〃

精一杯、シャウトして歌った『家出のすすめ』。オリジナルと言いたいが、タイトルは寺山修司の本からモロ、パクリ。

不良っぽさを少しでも伝えたいと、このライブのために作ったのだった。

フォークの部は朝の10時からで、当然、観客はまばらだった。

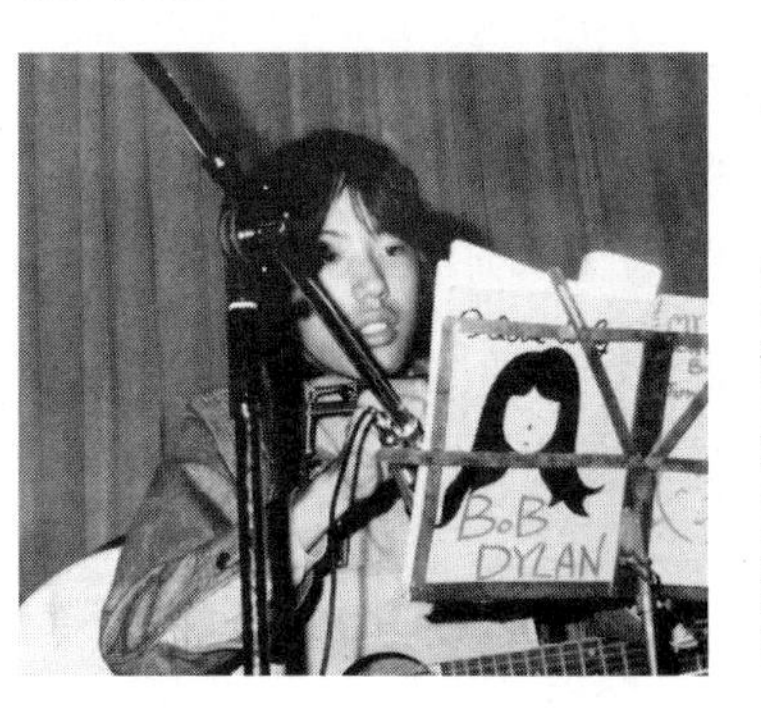

〃気になることがひとつ　故郷に残した　恋人のヒロちゃん　後には引けねえ　家出だぜ　All right ♪〃

何度か演奏中、会場を見回したが、広子&広代ちゃんらしき姿はなかった。文通はそれっきり。僕はまた、ぼんやりした日常生活に戻ったのだった。

ハリネズミのジレンマ

人生の3分の2はいやらしいことを考えてきた。

彼女の部屋にファミコンを持ち込んだのは、単に僕がしたかったからだけど、そこは気を使って何度か、「やってみなよ。絶対、ハマるから」と、勧めた。しかし、頑なに「私、TVゲーム嫌いな人だから」と、彼女は言うばかり。

最初はまだ優しかったが、それが次第に「そんなにやりたかったら自分ん家でやればぁ」と、言うようになったのは、やはり、彼女そっちのけで連日連夜、一心不乱にプレイする姿が気に入らなかったからであろう。

「そもそも、その髭のオヤジが気に入らない」だとか「服装が気に入らない」だとか、ゲームキャラに文句を言い出した。僕は観念し、ファミコン本体とマリオのソフトをうちに持って帰り、ひとりですることにした。

それからしばらくして、また彼女の部屋を訪れた時、TVの前に真っ黒なデカイものが置かれているのを見た。彼女が「買っちゃった」と、茶目っ気たっぷりに言ったそれは、新しいTVゲームの機械だった。

「知ってる？　コレ。メガドライブっていうの」

彼女はそう言って、それが入っていたパッケージの箱を持ってきた。〝ソニック・ザ・ヘッジホッグ〟という、アクションゲームのソフトとセットになっているらしい。

「ものすごくカワイイのよ、ソニックちゃん」

と、かつて僕のマリオをボロクソに貶したことをお忘れな様子である。

「ねぇ、やってみればぁ？　絶対にハマるから」

それは僕のセリフじゃないかよ。あれだけ嫌ってたくせによ。

しかし、あれだけ嫌っていたものをどうしてハマるまでに至ったのか？　いや、誰かに、〝ハメられた……〟

その言葉が頭の中に暗く渦を巻き始めた。

「ねぇ、そのソニック誰に勧められた？」

僕は努めて平静を装い聞いた。すると彼女は「あぁ、昔からの友達」と、かなり曖昧なことを言った。

「昔からのって、いつ頃の友達だよ？」

と、聞き返すと、彼女は呆れたような顔をして、「君の知らない人だから。もう、そんなことどうでもいいじゃない。とにかく一度、やってみてよソニックちゃん」と、話を元に戻した。

一体、誰が……

頭の中は〝知らない人にハメられた〟に変り、グルグル回った。それで不機嫌になった僕はベッドでフテ寝を決め込んだ。ま、いずれ彼女が僕の気持ちを察して「いっしょに寝よ」と甘えてくるに違いない。そう思っていたのだが、いくら待っても〝ビュンビュン〟と、ソニックが疾走してるらしい音が延々と続いているだけだった。

ポールポジション

人生の3分の2はいやらしいことを考えてきた。

彼女はTバックを穿いていた。何も僕が「穿いて欲しい」と、リクエストしたわけじゃない。いや、むしろそれが彼女の拘りでもあった。

少々、暑くても鋲打ちの革ジャンと、ピッチピチの革パンを着用していたので、たぶんパンティラインを気にしてのことだろう。

「大変だね、ヘビメタも」と、僕が言うと彼女は、「ねぇ、止めてくれるその呼び方!」と、声を荒げた。少し呆然としていたら、「せめてメタルって呼んでよね」と、言った。

僕にはその違いがよく分らなかったけど、たとえばヘビィメタルと対極にある〝四畳半フォーク〟を、「ヨジョフォー」と呼ぶようなことかも知れない。

「大変だね、ヨジョフォーも」

確かに約(つづ)めることで小馬鹿にされた気になる。

ましてやヘビィ。そんなライトな呼び方すんじゃやねぇ!　と、彼女は気分を害したのかな?　以後、謹んで「メタル」と呼ぶことにしたのだが——

「ねぇ今度、メタルショップに行ってみない？」

彼女からそんな誘いを受けたのは、僕がその頃、高円寺のインド衣料雑貨を扱ってる店で買った服ばかり着ていたからだ。それは'60年代半ばのロックの影響だけど、近頃は単にゆるゆるで服が楽チンだからに変わりつつあった。

「最近、お腹が出てきたのはそのせいよ」

彼女の言うことは大体、正しい。だから、ここはダイエットも兼ねてメタルファッションに切り替えてみては？　と、提案してくれたわけだ。

「先ずは革パンからよ」

僕は原宿にあったそのショップでピッチピチのを一本、買った。彼女は店員といっしょになって鋲打ちのものを勧めたが、ビギナーを理由に断った。革パンを試着した時、少し腹まわりがキツかったのでもうワンサイズ上のものを注文したら彼女は、「ダメ」と、言った。

パッツンパッツンの革パンの上に脂肪をのせた無様なカッコだったが、「OK！　後は下着をどうにかしなくちゃ」と、彼女のコーディネイトは続いた。

確かに今穿いているトランクスだと、股上(またがみ)がやたらごわつく。

「ひょっとして僕もTバックを穿けと？」

「だね」

こればかりは試着が出来ないので、うちに帰り黒Tバックを穿いてみたが何とも心もとない。バックは確かにT状に食い込んでいるが、フロントはW。しかも変なW。ここはポールを下に向け、尻の間に挟み込めば少しはスッキリするのかと、いろいろ試している内にムクムクと隆起。「どうする？」と、聞くと、

「それは私にも分らない」

と、彼女が大笑いしたのでそのままベッドイン。いつもより興奮した。

しかし、それを洗い外に干していたのがいけなかった。住んでたマンションの部屋は1階で、きっと女モノと間違えたのかな？　Tバックだけが何者かに盗まれてしまった。

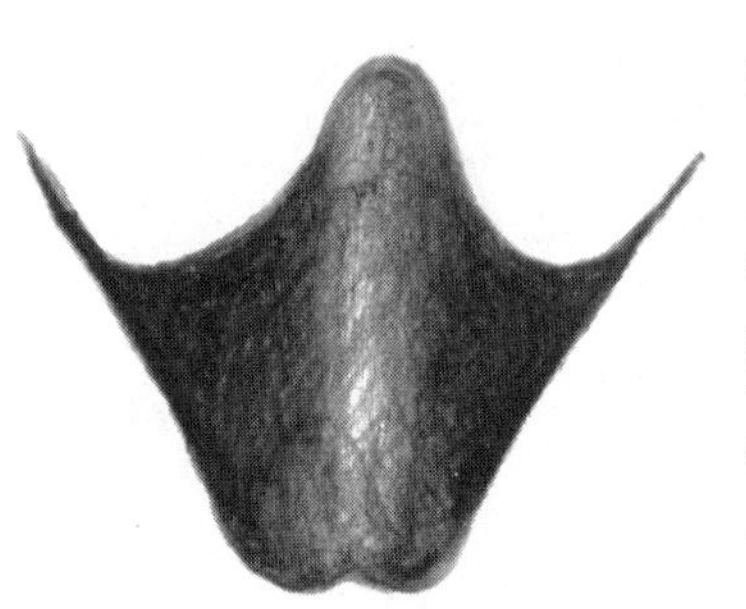

射ちてし止まん

人生の3分の2はいやらしいことを考えてきた。

〈拝啓　金玉工場長様へ　いつもお世話になっております。

今年も猛暑続きでしたが、お変りありませんか？　しかも9月に入るとこの突然の寒さでしょ。我々、還暦オーバーは体調管理だけでも大変ですよね。

そうそう、私は来週、二度目のワクチン接種を受けます。

工場長は既に御存知かも知れませんが、一度目は何と異物混入の疑いのあるものが当りました。

アルピニストの野口健さんがコメントされていたようにこの際、私も宝くじを買ってみようかと思っています。なんて、これは冗談ですよ。ただただ無事を願うばかりです。

さて、今回、お手紙を差し上げたのはそんなワクチンではなくチンチンに関する案件です。ここは直に工場長にお聞きしたいと思ったもので。

それは〝射精〟についてです。思春期を迎えた男子にとって、発音を同じくする「写生大会」にもやたら反応したものですが、その機能の重要性には全く気付くことはありませんでした。我々の世代はティッシュなど便利なものがまだ、一般家庭には普及しておらず、オナニーの後処理を便所の落し紙かハンカチで行っていました。

ハンカチは数度使用すると、いくら洗っても黄ばみが落ちず、こんな面倒臭い液体はもう出なくていいのにと思ったものです。

それは射精の本来の目的を深く考えていなかったせいで、ある時、射るからには弓道でいうところの〝的（まと）〟が存在してることに気付きました。

しかし、そんなことは遥か遠い世界での出来事。また、パンツから引っ張り出しては無駄撃ちの毎日。

何度も親に見つかり、何度も居間で気まずい食事を取ったものです。その時、言われた言葉は一生、忘れません。「今は勉強の方に精を出せ！」

実にうまいこと言ったもんですね。

それからようやく大人になり、本来の目的にその機能を使うことが出来ました。ありがとうございます。そして、今更ですが、金玉工場のみな様方が昼夜問わず製造して下さった賜（たまもの）を水の泡にしてきたこと、この場を借りてお詫び申し上げる次第です。

で、ここからが本題なのですが、その射精、このところ全く勢いがありません。

これは何も工場の老朽化に対し、クレームをつけているのではありません。

逆にこれでは射精の名折れになるのではないかと危惧しているのです。いや、正直なところ、たとえ少量であっても一応、拭かなきゃならないのが面倒で。

　そこで提案なのですが、工場長ももう流石にいいかとお思いでしたら、ここは射精返上を申し立てたい所存でおります。如何なものでしょうか？

　これからさらに寒くなります。どうか御自愛のほどを――

敬具〉

〈拝啓　みうら様。以前にもお伝えした通り、工場長は少し体調を崩しておりますので部下の私が代筆させて頂きます。

　早速ですが、承りました射精返上の件、伝えましたところ返事は一言、「まあだだよ」でした。

　根っからの職人気質で頑固者。意地があるのでしょう。どうか最後の一滴が出るまでお付き合い下さいませ。

敬具〉

考古学界激震！

人生の3分の2はいやらしいことを考えてきた。

既成の概念を取っ払って先ず、その形状から疑ってみること。それが研究というものである。たとえそれが、一般的に〝大人のおもちゃ〟と呼ばれるものであれ、かつて日本にも存在したアニミズムの影響を見出すことが出来るかも知れない。

ここでは敢えて〝男性器を模したとされる〟と記すが、近代では可動＋バイブレーション機能を搭載した通称〝バイブ〟がその顕著な例である。

欧米のものは〝ディルド〟と呼ばれ、裏輸入された当初は「イヤだわぁコレ、モロじゃない？」と、そのリアル過ぎる形状に引くケースもあったと聞くが、それは何も国産品が技術面で遅れを取っていたわけじゃない。いや、むしろ運慶・快慶の時代よりリアリズムに於いては世界水準を遥かに越えていたと言っても過言ではないだろう。

しかし、そうはしなかったのは何故か？　答は至極、簡単である。日本の法が許さなかったからだ。だから形状を歪(いびつ)にすること（例えば亀頭部に顔を作り〝こけし〟に見立てるなど）で土産物の類とした。それが世間に流布した大人の事情であるが、ここで改めてその形状（シルエットで表す）を見て頂きたい。

根からもう1本、妙な突起物が生え、非対称ではあるが、V字を形成していることが分る。私は未だ、もう1本の名称を知らないが、その先端の細さやV字の角度からして人体のどの部分に宛がうかは想像に容易い。

大人のおもちゃメーカーとしてはより強力な刺激を与えるべく開発した付属品のつもりであろうが、そのシルエットはある食物に酷似している。

それはショウガ科の多年草〝生姜〟である。

スーパーで見かける生姜の中には「イヤだわぁコレ、大人のおもちゃみたいじゃない？」と呟かれる非対称V字モノが存在することは周知の事実だ。

インドでは紀元前300〜500年頃には既に保存食や医薬品として使われ、日本には2〜3世紀頃、中国より伝わり奈良時代には栽培が始まっていたという。

もしや、あの形状は元々、男根を模したのでなく、アニミズムに於ける生姜の精霊を具現化したものではなかったか？　実際、それを食すと身体がホクホクジンジン、ジンジャーである。それも性の営みのメタファーであった可能性は高い。

主な産地を調べてみた。

収穫量の割合は、高知県が全国の39％、次いで熊本県、千葉県がそれぞれ11％を占めていた。

奈良時代、その三県のどこかで生姜の実りを願い、祭祀を行っていたことは間違いない。それに奈良時代末期には神仏習合が起っている。神の真の姿は仏であるとする本地垂迹説に鑑みると、この場合、秘めたる男根の真の姿が生姜であったとも考えられる。

もしそれより遡ること縄文時代に生姜が日本に伝わっていれば必ずや遺跡から〝V字型土偶〟なるものが出土していたはずである——

僕は最近読んだ本『土偶を読む』（竹倉史人著・晶文社）に大変感化され、こんな仮説を立てるに至ってしまったが、果して大丈夫だろうか？

※265ページ～竹倉史人氏との対談が載っています。

非必須ミネラル

人生の3分の2はいやらしいことを考えてきた。

先日、紀伊國屋書店新宿本店の1階にある化石や鉱物を扱ってるショップに入った。かつても何度か店内を物色したことがあるが、それを買う目的で入るのは初めて。今回はその経緯と理由を説明しようと思う。

初放映が'68年、というと僕は当時、小4。父親に至ってはそのアニメに登場する〝一徹〟と同じくらいの歳ではなかったろうか?

土曜の夜は居間のテレビの前に、並んで座り『巨人の星』を夢中で観てた。

そして、番組が終ると父はグローブとボールを持って表の道に出る。僕も自分のグローブを握り、その後に続いた。

〝バシーーン!!〟

「もっとド真ん中に投げんかい!」

ふだんの口調と少し違うのは、その夜は父に一徹が降臨してるからだ。僕を飛雄馬に見立ててのキャッチボールである。

汗だくになって二人で近所の銭湯へ行くのもそのブームの一環。ま、家の風呂と違い大きな湯船に浸れるのは嬉しかったけど、僕は何よりもその脱衣場の壁に所狭しと貼ってあるエロ映画のポスターが見たかった。

今では考えられない光景だが、昭和40年代はそれがノーマル。毎度、エッチな画像を頭に焼き付け、帰宅したものだ。

大リーグボール1号が、花形満により打ち砕かれた頃だった。僕はクラスメイトのTからある情報を得た。それは「何も銭湯行かんでもポスターは見られるがな」という朗報だった。

Tの家はあの銭湯にほど近い。エロ渇望が湧き上ると、夜中こっそり家を抜け出し見に行ってるんやとも言った。その現場は銭湯の脇、板塀が続く裏路地で、日中でもほとんど人通りがない所だった。誰に向けてか分らないが、その板塀に一枚だけ公開中のポスターが貼ってあるらしい。

「今夜見に行くつもりやけど、お前も来る?」

Tのそんなスウィートなお誘いを断る理由はない。生れて初めての、いわゆる夜遊びに僕はドキドキしながら約束の銭湯が終る11時を待った。

現場近くに着くと暗がりから「こっちや、こっち」と、Tの声が聞え少しホッとしたが、この暗さでは肝心のポスターがよく見えないのではと思った。

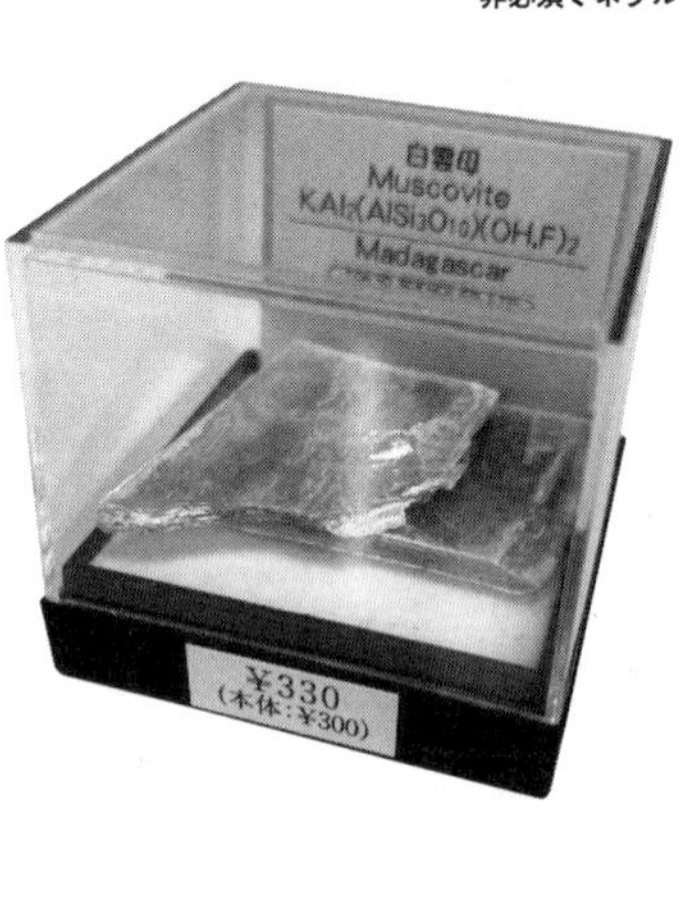

そんな僕の心配を察したか、Tは「大丈夫や、任せとけ」と言って懐中電灯を差し出し見せた。流石、そこはエロフェッショナルである。

光が当るとそれは、黒い木枠に囲われ貼ってあった。こんな間近で、しかも気兼ねせずじっくり鑑賞するのは初めてだったので思わず「ほーう」と、声を漏らすとTは「他のポスターも見たなるやろ？」と、妙なことを聞いてきた。

「だって、これ一枚しかないんやろ」と返すと、「実はな、この下にお宝がどっさり埋っとんねん」とTは言って、今度は光をポスターの右上の角に向けた。そこには何度も爪で引っ掻いたような跡があり、少し破れた紙の下に何重もの層が出来ているのが見て取れた。

そうか、脱衣場の貼り替えとは違い、新作ポスターが旧作の上に貼り重ねられているのだ。

「でもな、アカン。強力な糊で貼ってあって、雲母のようにはいかへんわ」

〝うんも〟とは、薄くはがれるのが特徴の鉱物——

僕はあの時のTの絶妙な例えが未だ忘れられず、今回遂にそれを買ってしまったってわけ。

コロナ時代のMJJ

人生の3分の2はいやらしいことを考えてきた。

ハロー！　お久しぶりです。みなさん、お元気ですか？　MJJの秘書を務めてます絵梨花です！

と、言っても私のことをもう、お忘れになってるかも知れませんね。

前回、この誌面に登場したのは4年前。オリエント工業の粋な計らいで、首から下をニューボディに変えて頂いたラブドールの絵梨花ですよ。

ちなみにMJJというのは、みうらじゅん事務所の略称。社長が銀行で振り込みする際、昨今、窓口でフルネームを呼ばれるのがどうも恥ずかしくなってきたと申しますものでね。

ま、私は中途採用なので何も申し上げませんが、きっと社長の自意識過剰ではないかと思ってます。

ま、そんなことはさておき、新型コロナが猛威を振るってますね。

弊社にもこの2年余り、ほとんど来客はありません。本当、秘書としては寂しい限りです。

でもね、だからと言って、私のこのキャミソール一丁姿はどう思います？　それに実は下着も付けてないいんです（あ、言っちゃった！　内緒ですよ）。

それがセクシーアップだと言うのならまだ分りますけど、そうじゃないんですよ。社長の怠慢なんです。その証拠に入社した当時はちゃんとした服が何着か与えられてましたから。

巨乳を強調する白のニットセーターと真っ赤なミニスカ姿で仕事の打ち合せに参加してた頃、来訪者はなかなか本題に入れない様子でしたが、それでもみな、最後には大満足で帰っていかれました。

また、あの秘書に会いたいと思って頂く。それが私の務めであり、ＭＪＪの発展にも繋がる。そう考えていたのですが……社長は「君はもう空気みたいな存在だから」なんて言うんですよ。これはもう〝倦怠期〟ってやつでしょ？　ま、私も社長とつき合ってるわけではありません。

そこはラブドールと言えど、真摯な愛を感じられる方とじゃないとダメなんです。それに社長は大の飽き性でしょ。マイブームとか言い出した時にはやたら物を買い漁りますが、私、ずっと事務所にいるから、それらの物が後に、ぞんざいな扱いを受けていることをよく知ってるんです。

キチンと整理されることは稀の稀。大概は雑然と事務所の床置きです。そうならないために倉庫まで借りているというのに「運び出すのが面倒臭い」だって。もう、サイテーでしょ？　あ、この話もどうか御内密にお願いしますね。

そうそう最近、社長は長い髭を生やしているんですよ。'60年代のロックに影響を受けてなどとインタビュー受けた時には御託を並べてるみたいですけどね。私、そーゆーの全く興味がないんです。というか、早く剃って欲しいと思ってます。

社長は自宅があるからいいけど、私、常駐じゃないですか。気になるんですよね、床に抜け落ちた髭が。その縮れ具合がアンダーヘアそっくりなんですもの。辛うじて髭と分るのはその長さ。得意気に伸ばしているのは勝手ですが、特に社長のようなシルバーのそれは秋の枯れ葉のように舞い散るんです。

少しはまわりの迷惑も考えて頂きたいものですよね。

あ、社長が来たみたい。みな様、お元気で。またね！

○○おじさん

人生の3分の2はいやらしいことを考えてきた。

〝おじさん〟には大別して三種存在する。

一つは「僕のおじさん」と呼ぶ親戚筋の場合。

二つ目は「私、おじさんがタイプだから♥」と、何らかの裏心があって発せられる場合のおじさん。

そして、三つ目はそのおじさんの奇妙な言動から冠に○○を配す場合である。

一般的に〝ヘンなおじさん〟と一括りにされることが多いが、中には○○を付けたまま後世に残す例もある。

有名なところでは、僕が上京した頃、既にマスコミで騒がれ、その知名度は全国レベルにまで達していた〝なんちゃっておじさん〟。

東京都の電車車内に出没して乗客たちを笑わせたというが、当時から都市伝説との見解もあった。

「なーんちゃって」と言って頭の上に手を上げ、両腕で輪を作って見せるポーズは、数年後に始まったTV『森田一義アワー笑っていいとも！』の名物コーナー〝テレフォンショッキング〟での友達の輪ポーズに引き継がれたのではないかと思われる。

〝つばくれおじさん〟も同様、つい口にしたくなる響きを持つが、これは僕が30代半ば、住んでたマンション近くに出没するヘンも行き過ぎた変質者の別称。

手に持つカメラのフィルムケースを通行人に差し出し「この中に唾を入れてちょーだい」と、茶目っ気たっぷりに言ってくるらしいが、僕は一度も遭遇したことはなかった。

ある時、近所のお母さんたちが児童に何かあってはいけないと立ち上り、日替りで警戒パトロールを始めたのだが、それは同時につばくれおじさんの行動範囲と風貌が分ってきたことを意味した。

そこで知ったのは、つばくれが僕のようにロン毛のおじさんでもあったことである。

それからは、外出時には必ず髪留めゴムで後ろに束ねるよう努めたが、新たな情報ではそれが〝後ろに束ねてる時もある〟に改訂。困り果てた。

ま、おじさんと呼ばれてるのだから僕より随分、歳上だろう。そう思い開き直ってロン毛のままマンション脇の道を歩いていたら、横並びになった御婦人の一団がこちらに向って来るのが見えドキッとした。〝お母さんパトロール〟に違いないからだ。僕は自然を装い、軽く会釈し通り過ぎようとしたその時である。一団の中から、

「みうらさんなの⁉　つばくれおじさんって！」

という、奇声が上った。

〝えっ⁉〟

よく見るとその声の主は清水ミチコさんだった。うちの子と学区こそ違えど、当時、住まいはかなり近かった。

「違うって！」

その場はどうにか事なきを得たが、不思議なことにそれ以降、つばくれおじさん出没の情報は聞かなくなった。
P．S．最近うちの仕事場近くに出没する〝オッスおじさん〟（いきなり他人の肩を叩き、オッス！　と言うらしい）もロン毛との噂。

かと言って、それも僕じゃないからね！

ボインフィルム

人生の3分の2はいやらしいことを考えてきた。

中学1年からしばらく映画ノートを付けていた。

それは大学ノートに観た映画の半券や新聞広告を貼り、感想を書くというもの。しかし、ある映画を境に全くペンが振るわなくなった。

〝1970年10月○日
今日は朝から学校の行事があって昼までで終ったので『ひまわり』を観に出かけた。日曜日じゃないのに映画館に行ったのは初めて。友達の高木を誘ったけど、しんきくさそうな映画なのでやめとくわと言われ結局、一人で観たのだが、とても感動した。ヘンリー・マンシーニのサントラ盤（シングルだけど）買って帰ったほどである。

戦争によって引き裂かれた夫婦の愛。ちなみに妻役はソフィア・ローレン。夫はマルチェロ・マストロヤンニだ。オープニングに出てくるひまわり畑には戦争のとても悲しい思い出がある。いろいろあってラストは駅での別れのシーン。僕は必死で涙をこらえてた。

そして、本当に戦争はあってはならないと思った〟

好きなジャンルのアクションやパニック映画よりも感想はいやに長い。ひまわりのイラストまで描き添えるほどの熱の入れ様だったけど、実はこれは虚偽の感想文。困った挙句、映画雑誌のレビューを読み、何箇所かパクったものだ。

「ほーう、中学生にしては深いテーマをよく観込んでるな」

そんなことをいつかこのノートを読んだ人に思って貰うためだ。

でも、本当の感想は違った。〝ひまわりはボイン映画であった〟だった。

ボインの名称はその1年前、月亭可朝さんの大ヒット曲『嘆きのボイン』で流行語にもなっていたが、僕はソフィア・ローレンほどのボインを観たのは初めてだったのでそれはそれは衝撃を受けたのだ。

映画が始まって程無く浜辺のシーン。小船が何艘か陸上げされたその透き間に横たわった二人はあろうことか野外セックスに挑むのである。

その時、マストロヤンニ（以下、ヤンニ）はソフィアの大きく胸元の開いたワンピースの上からボインを鷲摑みにしたのだから堪らない。

こちとら映画雑誌で、ヴィットリオ・デ・シーカ監督の見事な反戦映画だと知った上で観に来てるというのにである。

次にヤンニは、食卓のシーンでボインタッチ。

その時には夫婦だったし、どんだけイチャついても構わんのかも知れんが、ソフィアの顔がこれまたいやらし過ぎて、しこたま僕の童貞をこじらせる原因になったことは確かである。

隙あらば交わろうとする二人を引き裂いたのは戦争。戦争の生んだ残酷な運命に翻弄される二人を観て涙をこらえた（いや、実際はボロ泣きした）ことには間違いないが、終戦後、再会を果した時、重婚&子供までもうけたヤンニがソフィアに「もう一度、やり直そう」と言った最大の理由は何であったのか？

たとえ今の生活が、幸せであったとしてもヤンニの性癖は直るはずがない。その証拠に新しい妻はボインではなかった。

しかし、時、既に遅く、覆水ボインに返らずだったのだ——

正直にこんな感想を書いていればペンも振るっただろうし、も少し映画ノートは続いていたと思うのだけどね。

竜と虎

人生の3分の2はいやらしいことを考えてきた。

父親の影響で野球は巨人だったけど、GSは断然、タイガース・ファン。いや、正確にはグループサウンズのザ・タイガースが好きだったわけで、シングル盤のレコードを何枚か買って貰っていた。それにザ・タイガースのメンバーがみな、僕と同じく京都府出身ってとこにも親近感があった。

〝雨がしとしと日曜日♫〟

僕がおセンチをこじらせたのも彼らの3枚目のシングル『モナリザの微笑』から。そのメロウなメロディを聞くと、メロメロ。わけもないのに〝涙ポロポロ日曜日♫〟だったあの頃、

「ピーとサリーとタローは北野中学、トッポは山城高校出身なんやて」

そんな驚くべき事実を小学校のクラスメイトから聞いた。それは彼らの実家がものすごい近所にあることを意味したからだ。いかにしてその在処を捜し出したかは記憶にないが、たぶん既に近所では噂が広まっていたのだろう。

僕は雨がしとしとじゃない日曜日には必ず、家の前で壁当てひとり野球（実況アナウン

サーも兼ねた）に興じながら、ファンの女子が尋ねてくるのを待っていた。

「ねぇ、ボク、ちょっといいかな？」

〝ほら、きた！〟

彼女らはザ・タイガースの実家を聖地と崇め、巡礼をしていたのである。「何？」と、わざとぶっきら棒に返すと「タイガースの家、どこにあるか知ってるぅ〜♡」と、妙に甘えた声でお願いしてくる。これが実に堪らない。「知ってるけど」と、毎回言ってそのガイドを務めるのが僕の至福の時間。

「ありがとうね、ボク」

ほら、海外を旅した女子が現地のガイドと恋仲になるって話、よく聞くでしょ。流石に小学生でそんなことまでは考えてなかったけど、おねえさんの前で得意気だったことは確か。それから随分、時が流れ、僕は30代前半になっていた。その頃、連載してたファミコン雑誌の担当編集者から「クソゲームの対談ページを、すぎやまこういち先生とやって貰えないかと思いまして」と、連絡があったのだ。

〝雨がしとしと日曜日♫〟

僕の頭の中でまた、メロメロディが流れ出したのは言うまでもない。だって、ザ・タイガースの曲はみな、すぎやまさんが手掛けてらっしゃったんだもの。しかし、選りにも選ってクソゲーム（以降は〝クソゲー〟）対談なの？　ちなみにそれはクソのようなゲーム

の意。〃そこがいいんじゃない！〃と、一応、僕が愛を込めて考えた造語である。

「先生は、〃ドラクエ〃の音楽でも有名ですが、ファミコンソフトのマニアでもあられるんですよ」

その編集者の言葉は、すぎやまさんが対談当日、持って来られたアタッシェケースで十分に理解した。「いや、ちょっと改造してね」と、おっしゃるそれは初代007の持ち物のよう。中にウレタンの仕切りがあり、そこにびっちりソフトが並んでた。

「ス、スゴいですねぇー」

「今回はクソゲームで揃えてきたんだからぁ」と、まるで子供のようにはしゃいでおっしゃる。

ベスト1を決める段になり「せーの！」で、選りすぐりのソフトを出し合ったのだが、何とそれが同じ『頭脳戦艦ガル』。嬉しくて思わず握手を交した。

「だってコレ、パーツを百個集めるのは絶対、無理だもんな（笑）」

そんな天才作曲家との思い出まで詰まったクソゲーム、僕は今でも大切に保管している。

『モナリザの微笑』作詞：橋本淳　作曲：すぎやまこういち

息子のハマリ役

人生の3分の2はいやらしいことを考えてきた。

「あんた、何んもやめんでええやんか」と昨日、おかんから電話があった。

引退してから数カ月経つが、自分では十分やり切った気持ちがある。

「もう、しんどいんやて」と、言い返したのだが、「あんた、まだ若いがな」と、言う。

「そら、おかんと比べたら若いけど、もう、俺かて53や。ボンド役はキツイて」

『007カジノ・ロワイヤル』『007慰めの報酬』『007スカイフォール』『007スペクター』と、最新作『007ノー・タイム・トゥ・ダイ』。

実に5作もボンド役を務めてきた。

「何、言うてんねんな。あの人は7作も出てはるんやで」

おかんが言っているのはロジャー・ムーアのことだ。彼は45歳から始めて57歳までやってた最長寿ボンド。いつもそこを突かれるとグゥの音も出ないが、奴はとぼけた演技が売りだったし、俺みたいな激しいアクションはしてなかったじゃないか。こちとらリアルとシリアスを期待されてたんだから、そこは分ってくれよ、おかん。

「それに俺は００７で一生、終わりとないねん」

その話も何度かおかんにしてきたが、「何でやねん、あんたのハマリ役やんか！」と、返しも同じ。要するに老いるショックですっかり忘れているのだ。

一代目のショーン・コネリーがそうだった。彼は００７定年後、演技派を目指し『薔薇の名前』で英国アカデミー賞の主演男優賞を獲得している。

「あの人のボンドは私、好かんかったな。すぐにエッチなことしはるやろ」

「それは論点が違うやろ！」

でもな、おかん。００７のイメージ付けられるのは嬉しくもあるけど、つらいことの方が多いんやて。

「あ！　００７!!」

飲み屋に入ると毎度のこと、俺を見つけた客が近寄ってきて握手とツーショット撮影。ま、このコロナ禍で減ったというものの、００７人気に変わりはない。中には「サインしてや」と、箸袋を差し出す輩（やから）もいて、ムカつくけどそこは人気商売。ネットに〝近頃あいつ、天狗〟なんて書かれちゃ困るから、やることはやるけど、気が付きゃ俺の前に列が出来てる始末や。急いでお勘定済ませて店を出ようとすると、あの箸袋の野郎が「悪りィけど、ここに〝００７〟と書き加えてくんねぇか。これじゃ誰のサインか分んねぇしな」などと、言ってくる。

　ま、歴代ボンドもこんなひどい目に遭ってきたんだろうけど、俺はもう心が折れてしもうてな、おかん。

「あんた、この間の、法事の時にな――」

　って、俺の話、聞いとらへんのかいな！

「あんた、仕事忙しい言うて来られへんだ法事やがな。伯父さんから色紙、預ってるんやわ。今度、そっちに送るさかいサインお願いな。それに悪いんやけど、００７って書き添えといてや」

木村様江
ダニエル
クレイグ
007
2021.10

〝お、おかん……〟

　最新作『００７ノー・タイム・トゥ・ダイ』を初日に観に行った。

　歴代最高と評されるだけある。ダニエル・クレイグは本当、ハマリ役だ。死んだはずだよボンドさん、なんちって、しれっと次回作、登場されてもファンは一向に構わないんですけどねえ。

憧れの甘い囁き

人生の3分の2はいやらしいことを考えてきた。

〝甘いマスク〟とは、何も顔を舐めると甘いんじゃなくて、今で言うイケメンのこと。僕が中学生の頃はフランス俳優、アラン・ドロンがその代表格であった。

ドロンはマスクだけじゃなく、甘いボイスでも世の御婦人方をメロメロにしてた。邦題はズバリ『あまい囁き』。ダリダという女性シンガーとデュエット曲を出され、よく深夜ラジオで流れてた。フランス語なので何を歌っているのかさっぱり分からないのだが、それがかかると何だか気持ちがモヤモヤしてきて、ついでに股間がやたら疼く。

要するに口調がいやらしいのだ。主旋律はそのダリダが歌い、ドロンはツッコミのように甘い囁きを挟み込んでくるという構成。

「ダリダって、ダリダ？」

話を進めたいが、クラスメイトのTが当時、得意気に言っていた駄ジャレを思い出した。

僕も深夜ラジオでその名を聞いた時、すぐに浮んだが口にはしていない。理由はひとつ、駄ジャレはオヤジが言うものだったからである。

しかし、今更ではあるが、ダリダってダリダ？

ウィキペディアで調べてみると当然『あまい囁き』がヒットしたが、〝ダリダはエジプト出身のイタリア系フランス人歌手——〟と、何やらややこしいことが書かれている。

ま、そんなことはいい。問題なのはどんな甘い囁きをドロンがしていたかである。

〝パローレ　パローレ　パローレ♫〟（ダリダ）

〝ダーバン　セレレゴンスィズ　マディアム……〟

このドロンのセリフは、彼が出演した日本の紳士服メーカーのCMを僕がテキトーにリスニングしてきたものであるが、雰囲気は大体、こんなカンジ。って、これすら意味は分らないのだが。

「あまーい！」

きっとお笑いコンビ、スピードワゴンの初期ネタみたいなことを言っていたのだろう。

それがようやく判明したのは、少しして中村晃子と細川俊之による日本語バージョンが出た時だ。

〝パローレ　パローレ　パローレ♫〟

〝不思議だ……君と会う夜は……いつも初めて出会った感じなんだよ〟

（中略）

〝パローレ　パローレ　むなしすぎるささやきね♫〟

〝さァおいで……夜明けにはまだ間がある〟って、どうやら復縁を迫るキザな男のセリフのようだが、こちとら明日、中間テスト控えてまんねん。もう、えーかげんにしなさい！

やがて僕も大人になり、そんな甘い囁きをマネたこともあったが、いつしか恋愛に翳りが差し、甘いが苦いに変り、最終的に辛いとなってお別れの時を迎える、そんなくり返しの人生に、〝ドロンのように甘さを持続させる才能が僕にはないのか……〟と、思ったものだ。

それも大人の階段ってやつなのかね。今はすっかり階段を登り切ってしまったようで、その踊り場辺りにいる気がするが、好物のカルピスとたい焼きは昔から変らない。そこだけは甘さを残しているのである。

『あまい囁き』作詞：Giancarlo Del Re・Leo Chiosso　訳詞：杉紀彦　作曲：Gianni Ferrio

イタ電ルーレット

人生の3分の2はいやらしいことを考えてきた。

子供の頃はいい人、悪い人、せいぜい面白い人か、面白くない人ぐらいの分け方だったけど、気が付けば憧れの対象としてヘンな人が加わっていた。

ここでのヘンな人とは、凡人がなかなか理解し難いいわゆる芸術家肌の人物を指すが、上京し、出会ったW氏は先輩の中でも取り分けヘンな人だった。

「あんた、今、セックスしてるでしょ?」と、気が向くと昼夜問わず電話を掛けてくるのである。だから、W氏の漫画はヘンな人でなければ描けないブッ飛んだものだった。それに大いに影響を受けていた僕は、無下に出来ず、「セックスしてるでしょ?」の問い掛けにいつも難儀した。

でも、どんな状況であれ、「してる最中です!」と、嘘までついて気に入って貰おうとするのは後輩故の性(さが)。さらに盛って「いやぁ、今はバックからしてます……」などと、必死で返したが、ちっとも受けない。それどころかW氏は「そんなこと、どーでもいいよ」と、ぶっきらぼうに言って電話を切るのだ。

毎回、電話に出なきゃ良かったと後悔したが、まだ着信番号が表示されない電話機の時代にあって、どうにかW氏の喜ぶ回答を考えねばと思った。

　そんな頃、同期の漫画家たちの飲み会があり、「そのイタ電、うちにも掛かってくるよ」という話になった。僕だけじゃなかったんだとホッとはしたが、いつ何時、そのルーレットの玉が自分の所に止まるかも知れない。

「やはり、セックスをしてない時はしてないと正直に言うべきではないかなぁ」

「いや、それではWさんは物足りないんじゃない？」

「物足りんって言っても嘘をつけばついたでWさんの機嫌を損ねるじゃないかよ！」

「じゃ、どうすればいいんだよ！」

　こんなことで口論になっているなど、W氏の知るところではないが、結局、喜んで貰える回答は得られなかった。

　それからしばらく経ったある深夜のことだった。

　彼女が酔っぱらって不意にうちのアパートに現われた。その時、流し台の上にあった灰皿に見慣れないタバコの吸殻を発見、「コレ、誰のよ⁉」と、強い口調で聞いてきたので、僕は焦りながら「新しいの買ってみた……」と、嘘をついた。

　それは細いメンソールタバコだった。「最近、何だか様子が変だと思ってたけど浮気してんでしょ！」と、彼女は激怒。そんな険悪なムードの中〝ゴロゴロ……カチャ〟と、W

氏のルーレットの玉が僕のところで止まったらしい。

部屋に電話のベルがけたたましく鳴り、仕方なく受話器を取ると、

「あんた、今、セックスしてるでしょ?」

それまでのように嘘をつく余裕がなく僕は開き直って、この困った状況を電話口で正直に述べた。

するとW氏は嬉しそうな声で、「そりゃ、今から仲直りのセックスをしなさい」と、言って電話を切った。

やはり正直が一番なんだ。僕はそのアドバイスに従うべく、彼女を抱き寄せた。

なめなきゃいかんぜよ

人生の3分の2はいやらしいことを考えてきた。

〝愛妻家〟というのは、あくまでまわりが下す評価であり、自ら「ボカァー、愛妻家だから」と、やたら吹く人はどうも怪しい。知り合いのKはその自称・愛妻家。しかし、今、思うとそれは〝恐妻家〟と、呼ばれたくないがための防御策だったのではなかろうか。

「愛してる?」と、聞かれるようじゃ手遅れ。愛妻家ともなると妻との日常の会話の中にも「愛してる」をふんだんに挟み込むからね、と言う。

「それって、しつこくないの?」と、返すと、「しつこいぐらいがいい」と、Kは念を押した。しばらくその講釈を面白おかしく拝聴していたが、途中から突然、「でも、ひとりを死ぬまで愛するって本当、難しいよな」と、弱気な発言に変わった。

「どうした?」と、心配になり聞くと、「最近、愛妻に愛人の存在が——」と、ここでも愛を連発したが、何のことはないフーゾクに行ったのがバレ、それで家庭が険悪なムードになっているというのだ。「問い詰められてつい、ゲロしちゃったんだよな」と、先ほどの講釈はどこへやら。しかし、夫婦間の事情ってやつは他人には計り知れない。「どうにか仲直り出来ることを祈ってるよ」と、告げその日は別れたのだが。

後日、また酒を飲む機会があり、「で、その後どうなった?」と、聞くとKは、「誰にも言うなよ」と、前置きし、話を始めた。僕は元来、堪え性がない上におしゃべりときてる。それを知って、釘を刺したつもりだろうが、もうその時点から誰かに喋りたくてウズウズしてた。

「家に帰ったらさ」「ほうほう」

「愛妻はソファに寝っ転がって缶ビールを飲んでた」「ほうほう」

「いつものように〝ただいま〟の後に〝愛してる〟を続けて言って」

「ふーん、それで?」

「ま、返事はないわな」「ほうほう」

「しばらくして、ビールが無くなったんだろうな。今からコンビニ行って買って来てよと言うわけよ」

「で、行った?」

「そりゃ行くでしょ。レギュラーとロング缶2本、奮発して買ってよ、家に戻ったら何と、イビキかいて寝てやがんのな」

「って、それで話終り?」

「ま、そう急(せ)くなって。これからだから」

「ほうほう！」

「突然、ムニャムニャ言い出したもんで、俺はてっきり夢でも見てんのかなと思ってたらさ、今度はしっかりした声で〝ねぇ、クンニしてよ〟って言ってきてよ」

「えーっ!?」僕は思わず大きな声を上げた。

「これはうち夫婦の秘密だからな。絶対、誰にも言うなよ」

「了解！　で、したの？」

「そりゃ愛妻家はただ愛してると言うだけじゃダメだろ。行動も伴わなきゃ」

　Kはそう前置きをして、

「俺、しばらくクンニをしてたんだけど、先方はうんともすんとも言わんわけ。そしたらグォーッて今度は高イビキだ。馬鹿らしくなって止めちゃったよ」と、言うもんで、僕も聞いててとても馬鹿らしくなった。

入滅!? 大仏連

人生の3分の2はいやらしいことを考えてきた。

〝ブームは起きるものじゃなくて、起すものなのだ〟

などと、御託を並べるようになったのは'92年頃から。

かつて、高校時代に作ったオリジナルソングは400曲以上にも及び、クラスメイトから「プロより多くてどうすんだよ」と、笑われたこともあったけど、逆にアマだからこそいっぱい作れたんだと思う。

その〝マイブーム原理〟で、30代初め、いくつかバンドを結成した。

〝暗いお堂に一人立ち　極楽浄土のサウンドで踊る　観音!〟

『君は千手観音』と、題したその歌詞は、これから起す仏像ブームのテーマソングにと思い書いたものだ。

もちろんそんなことは誰からも頼まれちゃいない。強いて言えば仏像好きになった小学4年生時の自分に向けて。

〝千手・千眼　戦慄の　蓮華世界をパノラマで映す　観音!〟

サウンドはヘヴィメタル調がいいと最初から思ってた。

〝念仏行脚の傍らで　聖衆来迎　ハイウェイ　飛ばす　観音!〟

仏像ブームを起すには誰もがグッとくる曲、そしてグッとくる演奏が出来るバンドじゃなきゃダメだ。僕は早速、『人間椅子』の和嶋慎治氏に電話を入れ、熱くその旨を伝えた。彼は仏教系大学出身で、卒論のテーマを一遍上人にしたという逸材だ。「仏像ブーム、来るといいっスね」と言って快諾してくれた。

〝Come On KANNON Come On KANNON Woo Woo Woo〟

『君は千手観音』の初披露は当時、デーモン小暮閣下が司会を務めてたバンド番組だった。ユニット名を『大日本仏像連合』(通称・大仏連)としたが、連合というにはメンバーが4人じゃ少ないし、それに僕のボーカルだけじゃブームに付きものの〝キャー!!〟要素が乏しい。

思い付き、収録二日前に大槻ケンヂ氏に電話を入れた。以来、大槻氏は僕からの誘いを〝赤紙〟と呼ぶようになったのだが。

〝金剛力士を従えて　闇にキラリと玉虫厨子　観音!〟

歌詞に出てくる金剛力士役も欲しくなってその頃、怪獣対談で親交を深めた空手家の佐竹雅昭氏にも勧誘の電話を入れた。

その模様はたぶん誰かがネットに上げていると思うので是非、見て欲しい。

で、結論だけど、大仏連は単なる企画バンドと受け取られ、真の仏像ブームはその後、2009年の『国宝　阿修羅展』まで持ち越されることになる。

『君は千手観音』作詞：みうらじゅん
作曲：和嶋慎治・鈴木研一

Kの家の話

人生の3分の2はいやらしいことを考えてきた。

'60年代中盤、女の子の間で流行ってた着せ替え人形、タミーちゃんがあのリングに上ったのは一度っきり。

油性マジックで〝らくがお〟したタミーちゃんが後日、友人Kの親に見つかり、プロレスごっこの中止を告げられたのがその理由である。

「さぁ、いよいよワールドリーグ戦の開幕ですね」

「世界から集った悪役レスラー揃いですからね。楽しみですよ」

小学校のクラスメイトKがクリスマスに『タイガーマスク　リングマット』を買って貰ったので「遊びに来いや」と僕を誘ったのだ。

30センチ四方くらいのリングマットに、タイガー他、十何人の悪役レスラーのソフビ人形がセットされたそれはそれは当時、かなりの豪華な玩具だった。

早速、Kの部屋で試合を始めることになったのだが、真っ先にKはタイガーマスクの人形を取った。僕は悪役レスラーを手に、反則プレイを仕掛けることになるのだが、そこは当然、出来レースである。

「おっと、どうした⁉　ゴリラマン、勢いがなくなりましたよ」

と、リングサイドのアナウンサー役（これもK）にそう言われれば従うしかないし、

「で、でました！　フジヤマ・タイガー・ブリーカー‼」と、必殺技を出されりゃ僕のゴリラマンはリングに倒れるしかない。

「おっと、今度はキングサタンとザ・スカルスターがリングに上りましたよ。流石のタイガーも二対一では勝ち目がないでしょう」

従うだけじゃ悔しいので僕は、解説者役を取り逆襲を図るのだが、Kはそうはさせまいと「出ました！　ウルトラタイガードロップ‼」と、必殺技の連発。

「なあ、ズルないか、それ？」

と、素に戻り言った僕にKは「コレ、俺のもんやし」と、返した。それで機嫌を悪くした僕に「一回だけな」と、Kはタイガー役を譲った。

ある日のこと。またもKの部屋で試合に興じていると「ちーちゃんも寄せてぇなぁ」と、Kの二つ下の妹が入ってきた。

今までにも何度かそんなことがあったが、Kに追い返されていたのだ。

妹も考えたのだろう、その日は「ちーちゃん、これで戦うから」と言って、着せ替え人形を得意気に差し出した。

「アホか！　そんな弱っちい奴と戦えるか！」

Kはきつい口調で返したが、今にも泣き出しそうな妹を見て仕方なく参戦を許可した。

それが〝タミーちゃん〟の最初で最後の試合となったのである。

Kはタミーちゃんを取り上げ「レスラーぽくしたるわ」と言い、その場で服を脱がせた。何だかとてもいやらしい雰囲気がリングサイドに漂った。

それから異種格闘技ならぬ、異性格闘戦が始まったのだが、途中でKが、

「顔がアカン、悪役レスラーぽくない」と、言い出し、タミーちゃんの顔に黒マジックで〝らくがお〟した。それがプロレスごっこ中止に繋がったのである。

ボギーからのメッセージ

人生の3分の2はいやらしいことを考えてきた。

ふだん行きつけない、ハードボイルド小説に出てきそうなバーに入ったことがある。既にそこは2軒目で、友人と酔った勢いで扉を開けてしまったのだ。

薄暗い店内はそれらしいムーディなジャズが流れてた。カウンター席の他にも2、3のテーブルが並んでいて、僕らは気兼ねもあってそちらに腰掛けた。

と、いうのは、カウンター席の隅にこれまたハードボイルドな服装を決めた老人がぽつんと座っていたからである。

往年の映画俳優、ハンフリー・ボガートを踏襲されているのだろうか。客は僕らとそのボガートだけだった。

1軒目の居酒屋との落差が激しくて、しばらく落ち着かなかったが、友人が一度飲んでみたかったというシングルモルトってウイスキーを注文し、僕もそれに従った。

「どう？　最近」

当然、会話も弾まない。

「いや、だから50も過ぎると体調悪いが当り前」

「だよな、若い頃のようにはいかんよな」

それでも2、3杯飲み干すとようやく調子を取り戻したのだが、弱ったことに両者、最近、頻尿気味。

せっかくエロ話が盛り上りそうになっても、「ごめん、ちょっとトイレ」で敢えなく中断。それに小便の長いこと長いこと。やたら待たされまた、素に戻る。

「すまんすまん」と、トイレから戻って来た友人は、「で、何の話だっけ?」と、聞いた。尿といっしょに記憶も放出してしまったのかよ。

それに今度は僕が激しい尿意をもよおしているのだ。

「オレ、居酒屋のトイレでやっちゃった話、お前にしたっけ?」

と、新ネタ振られても困る。「すまん、トイレ!」と、言って席を立つ。

そんな頻尿ループをくり返し「そろそろお開きにしますか」と、なった時、

「ちょっといいですかな」

と言って、先ほどまでカウンター席で飲んでいたボガートが、僕たちに近づいて来た。

「あ、はい……」

きっと、この店の雰囲気丸潰れなエロ話に対しお叱りを受けるんだろうと一瞬構えたが、

「いや、先ほどから君たちの話を聞くでもなく飲んでおったが、一ついいことを教えてあ

げようと思ってね」と、とても優しい口調で、
「まだ、若い君たちには分るまいが、いずれゆったりと飲める日がきますから」
と、それだけ言って店を出て行った。僕らはその真意が分らなくてポカンとしたが、
今、考えるとそれはオムツを穿いて飲むとトイレに立たなくて済むというアドバイスでは
なかったか？
思い返すとあの時、ボガートはずっとカウンター席に座っていたからである。

不倫旅行の悲劇

人生の3分の2はいやらしいことを考えてきた。

いわゆる不倫旅行、その最終日の出来事であった。夜更から降り出した雨のせいか、旅館のガラス窓から望む山間はどんより霧が立ち込めていた。並べて敷かれた布団には情交の痕跡。その脇に座って女は暗い表情で帰り支度をしている。

「ねぇ、少しこの辺りを散策してから帰らない？　友達にお土産も買いたいし」

その言葉に男は「いいよ」とだけ返した。

家には出張と偽り出掛けてきた。わざわざレンタカーを借り関西方面に向ったのも全て、人目を避けるためである。雨がさらに強くなればいい。だったら彼女も散策を断念するだろうと思っていたが、精算を済ませ外に出ると、すっかり止んでいた。

それに前の道が何やら騒がしい。テレビのロケをしているようだ。男は慌てて引き返そうとしたが、

「ひょっとしてブラタモリじゃないかしら？」

と、女が嬉しそうに言い見に行ったもので、男は旅館前の柱に身を隠すようにしてその

様子を見ていた。

ブラタモリではない。確かに、カメラの前に立つ男はサングラスだが、ロン毛だ。隣に立つ特徴のあるメガネ男とコンビのようだ。

「いやぁ、今回のTV見仏記(けんぶつき)のロケもみうらさんのお陰ですっかり雨が止みました」

「いとうさん、それは今、僕が肛門を強く引き締めてるせいであって、緩めるとまた、ザーッときますからね」

〝何を言ってるんだこいつら〟と、男はその訳のわからないトークを耳にし思った。

たぶん関西ローカルのお笑いコンビなのだろう。彼女もすぐに戻ってきた。

それからそそくさと現場を離れ、仕方なく散策につき合ったが、

「ねぇねぇ、あのショップ、おシャレじゃない?」

と、いちいち同調を求めてくる彼女に男はイラ立ちを覚えた。

それに突然、雨が止んだせいで、土産物屋が立ち並ぶ道は結構人通りがある。万が一知り合いにでもバッタリ会ったら……。

「ねぇねぇ、この石鹼、カワイくない? でも、やっぱり入浴剤の方がいいかしら?」

男はそんなことより彼女が友達に買った土産を渡す時「誰と行ったの?」と、聞かれることを恐れていた。

「あ、これは俺が買ってあげる」

早く会計を済ませこの狭い店内から出たいがためそんなことを言ったが、

「すいません、カメラ回してもいいですか？」

と、あろうことか、先ほどのロケ隊が入って来たではないか。

〝マズイ……このままではテレビに映り込んでしまう……〟

男は慌てて彼女に財布を渡し、ひとり外に飛び出した。

ようやくのことでレンタカーを停めた旅館の屋外駐車場にたどり着いたのはいいが、どうしたことかロケバスらしき車もそこに停っているではないか。案の定「あ！　いいワッフル出てるよ、いとうさん」などと、大声で話しながらあいつらが戻って来やがった。

〝ワッフルなんてどこにも売ってないじゃないか……〟

(ちなみにそのコンビの言うワッフルとは、山の斜面に格子状の枠をモルタル・コンクリートで造成したものを示す)

男は彼女を車に押し込み、強くアクセルを踏んだ。

バッチリ満員

人生の3分の2はいやらしいことを考えてきた。

〝土曜の夜に街を歩いてごらん　どこのホテルもバッチリ満員さ♪〟

とは、岡林信康さんの初期の名曲『性と文化の革命』の出だしである。

高校時代、その曲の入ったLPレコードを買って何度もくり返し聴いた。はっぴいえんどが演奏する軽快なロックンロール。それに乗って岡林さんの歌声もノリノリだ。

それに影響を受けて、自分ではオリジナルと称した似たような歌も数曲作ったものだけど、当然、そんな現場を目撃したことはなく、ましてや己れがバッチリ満員で右往左往した経験などあるはずもなかった。

それから随分、時が流れ、僕も一丁前にラブホを利用する大人へと成長したのだが——「今から行く?」と、酔った勢いで誘ったら、彼女は、「ラブホはモロでイヤ」と、言った。でも、飲み屋を出てラブホ街を回った時、どこのホテルもバッチリ満員と知らされ焦った。

言わんこっちゃない、土曜の夜だったのだ。

ここでどちらかが、「今日はやめとこう」と、言い出せば良かったのだけど、疼く気持ちはほぼ同じ。さらに二人は捜索の範囲を広げることにした。

もう、既に足は棒になっていた。「じゃ、このビジネスホテルで手を打つか」と、僕が目の前の建物を指さし言ったら、彼女は、「ムードがなさ過ぎ」と、この期に及んで、またも反論した。

確かに古びた外観だが、そんなこと言ってる場合かよ？　ムードよりヌードが先決だろ。それにここだって空室があるか分らない。

「取り敢えず聞いてくる」

僕は納得してない彼女を外に残しフロントに急いだ。

「何せ、団体のお客様が連泊されてるもので」

と、ホテルマンはバッチリ満員と言ってくると思いきや、

「あ、一室だけ空いておりました」

と、朗報を告げたので、僕は彼女を迎えに行った。

「ま、いっか」と、ようやく彼女が機嫌を直したのも束の間、キーを預かりエレベーターで3階に上ったら、何と狭い廊下にずらりと剣道の防具が並んでいるではないか。

「何、ここ⁉」

と言って、彼女は咄嗟に足を止めた。

そうか、先ほどフロントで聞いた団体とはコレのことか。きっと、どこかの学校の剣道部が合宿所代りに利用してるのだろう。

僕はその防具を避けながら彼女の手を強く引いて一番奥にある部屋を目指し、進んだ。

「イヤだぁ、すえたー臭いがするぅー」

その時、彼女が思わず漏した〝すえたー〟とは、何も衣服のセーターの正しい発音ではない。漢字にすると『饐えた』。腐ったような酸っぱい臭いのことである。

当然、それは防具から放たれているとみていい。エレベーターを降りた段階で、既にすえたーは漂っていたが、近くに寄るとやはり強烈だ。

鼻を摘み急いで部屋に入り、ドアを閉めたが、隣の部屋にすえたーの出元が寝てると思うと、肝心のセックスにもなかなか身が入らない――
それが僕たちの性と文化の革命だった。

『性と文化の革命』作詞・作曲：岡林信康

ヌー銅物語

人生の3分の2はいやらしいことを考えてきた。
僕たちは銅像である。服は着ていない。いわゆるヌードの銅像（約めて〝ヌー銅〟）。
ずっとこの場に立っている。

ここは公園なので、休日になると家族連れもやって来る。大概、僕たちを目敏く見つけるのは子供で、「おチンチンでてる！」と、大騒ぎしながら近寄ってくるのが常だ。

僕たちから言わすと、それは全体を晒しているのであって、何もおチンチンだけを出しているのではない。ま、子供の言うことだから聞き流してはいるが、気になるのはむしろ、その時の親の対応だ。

「そんなこと言うな！」

と、頭ごなしに叱りつける父親もいれば、優しい口調で、

「これじゃ風邪ひいちゃうねぇ」

と、論点の擦り替えを計る母親もいる。

別に、僕たちも家族連れを困らそうと思ってここに立っているのではない。何の因果か知らないが、たまたま裸でいるまでだ。

私たちは銅像です。

服は着ていません。

ずっと、この最高裁判所という建物の前に立っています。

「だから私たちもサイコー！にノリノリ!!」

「ねぇ、あんた、それ、よく言うけど、最高の意味、はき違えてない？」

「いいじゃないの」

私たち、高い台の上に立っているので、見過ごす人がほとんど。でも、たまにいる。下から煽ってカメラ向けてくるオヤジ。

「イヤよねぇー、アレ」

「昭和体型がいいんだよなぁー、なんて言うオヤジもいるでしょ」

「それ、褒め言葉じゃないしね、イヤんなっちゃう」

「何の因果か知らないけど、この先もずっと裸でいなくちゃいけないって、どうよ?」

「ねぇ、今のどうよ?って、銅とのダジャレでしょ、笑える!」

「バカね、違うわよ!」

「いいじゃないの」


鳩よ!

いつも決った時間に飛んで来て、必ず僕たちの頭上に止る鳩たちよ!

ここは公園だから、羽根を休めるなら樹木の枝でもいいのではないかと思うのだけど。

中にはレストに留まらず糞尿まで垂れ流す不届

き鳩もいる。僕たちは憤慨しておるのだぞ。おっと、それは糞害とかけたダジャレじゃないからな。

ま、自由と平和の象徴だもの。聞く耳は持たんだろうがな。そうそう、そんなことより鳩よ！

いつか、ここから少し行った最高裁判所の上を飛ぶことがあったら、僕たち同様、三人のヌー銅によろしく伝えて欲しい。

だって、彼女たちはかつて僕たちの恋人だったから。

同伴喫茶に行ってみない？

人生の3分の2はいやらしいことを考えてきた。

そもそも関西弁で言うところの「茶でも、しばかへんけ？」とは、ナンパの際の常套句だったように思う。茶とは主にコーヒーのことを指したが、中には昆布茶やガラナを注文した者もいたかも知れない。

しかし、この場合、茶はあくまで前振りで、後続する〝しばかへんけ？〟にその最大の目的がある。かと言って、何も出された茶をいきなりしばく（叩く）ことではない。それではコーヒーカップが割れてしまうだろうし、喫茶店の方も迷惑千万だ。

僕の考えでは、しばくというのは〝口説く〟の最上級で、茶を済ませた後、ラブホに向う気満々であるということを暗に伝えているのだ。

上京したての頃、知り合った彼女と何度かお茶をしたが、意気地がなく「しばく」までには至らなかった。それは僕が童貞故、精一杯、気取っていたからである。

「そうやな、将来はグラフィックデザイナーかな」

「ふーん、私、その世界のことよく分らないけど、何かカッコイイね」

「いや、それほどでも」

自ら、ハードルを高くし、どんどんしばきが遠のいていったそんなある夜、今度は彼女の方から誘ってきた喫茶店。それはしばくどころの騒ぎじゃない『同伴喫茶』だった。

もう、若い方は御存知ないとは思うけど、かなりのことまで店内でしていい喫茶以上ラブホ未満店のこと。僕も当時、噂でしか知らなかったが「行ってみない？」と聞かれた時「あぁ、いいかも」などと言って、必死で大人を装ったものだ。

当時、建ったばかりの渋谷のファッションビル１０９。確か、その斜向いくらいにあった雑居ビルの何階かの窓に看板が出ていた。僕は彼女に手を引かれるようにしてエレベーターに乗り込んだ。

扉が開きすぐそこに薄暗い店内が見えた瞬間、過度の緊張で僕の金玉は縮み上った。

黒服の店員が奥の空いた席に僕らを案内する途中で何組かのカップルが大概なことをしてるのを見て、驚いた。

大概なこととは、キス、ペッティングの意だが、横並びの二人掛けの席に着いてから時折、聞えてくる悶絶の呻き声は、きっとラブホ同然のことまでしているに違いないと思った。

注文した茶がやけに高価でさらに驚いたが、それを味わってる奴など絶対にいない。

「スゴイですねェー」

照れ臭さもあって、思わず深夜番組『トゥナイト』の山本晋也カントクみたいなセリフを吐く僕に彼女は、「口でしてあげようか？」と、唐突に聞いてきた。

返す言葉も出なく、成り行きに任せた。

窓のカーテンは閉め切られていて外の風景は見えないが、目を閉じると僕の頭の中に満天の星が広がった。

〝シュポシュポシュポシュポ……〟

僕は得も言われぬ快感を味わいながら、その夜空を横切る銀河鉄道に乗っている気がした。

〝ポーッ!!〟

しかし、それは1分ももたなかった。

彼女は「出すならその前に言ってよね！」と、まるで子供を叱り付けるような口調で僕の顔を睨みつけたのだった。

赤毛のジュン

人生の3分の2はいやらしいことを考えてきた。

初恋の人のように、仏像好きには初恋の仏がある。僕の場合、京都府・浄瑠璃寺の吉祥天像が正にそれで、小学生の頃、拝観し一目惚れした。しかし、彼女は秘仏であって、毎年、正月と春と秋の一定期間にしかお会い出来ない。その、会えない時間が愛育てるのさ的なところもグッとくるわけで、僕は当時、お寺で買った少し大きめの写真をアイドルピンナップよろしく、自室の壁に貼り、毎日それを見つめてはうっとりしていた。

もし、彼女にファンクラブがあれば当然、入会していただろうし、ファンジンには彼女の似顔絵イラストを投稿していたと思う。

「前髪をパツンと切って、長さは肩より少し下くらい」

それから、いろいろあって再び、僕の中で仏像ブームが湧き上ったのは30代半ばの頃。

当時住んでたマンション近くの美容室である髪型にして貰おうと考えたのだが、「それって、ボブカット？」と、聞いてきた馴染みの男性美容師に、「コレ、みたいな」と、僕は持参した吉祥天像の写真を見せた。

「何⁉　みうらちゃん、仏像に成りたいわけ？」

美容師はそう言って大笑いした。

「ダメかなぁ？」

「ダメどころか似合うんじゃない。だったらさ、いっそのこと、髪の色もワインレッドに染めてみればぁ？　もっと近付けると思うよ」

確かに吉祥天像の髪は彩色が剝離しているせいで少し赤茶けて見えた。

それも悪かないと、お願いして、その日から僕は自らが初恋仏へアになったのだった。

〝待たされジラされ　諭され癒され　秘仏公開　胸をときめかせ　観光目的　関係なしさオレの求める　恋する仏像　ブッツブッツブッツブッツ　仏像の旅〟

その頃、頻繁に行っていた仏像イベント。こんなオリジナル曲を吉祥天姿で歌ったりした。

大阪のNHKから仏教特集番組への出演オファーがあったのもちょうどその頃。

仏像は好きだが仏教にはさほど詳しくない。でも、調子に乗りついでに軽い気持ちで引き受けた。広い楽屋には出演者が数人、既に待機しておられた。僕は居心地悪く隅の方の椅子に腰掛けていたが、しばらくして、「あなた、初めてお会いするわね」と、言って近寄って来られたのは瀬戸内寂聴さんだった。思わず立ち上って ペコペコ頭を下げたのはきっと、場違いな所にいるという僕の後ろメタファーだったに違いない。すみません！　と

謝って今にもこの楽屋を飛び出したい気持ちだったけど、寂聴さんは和やかな表情で、

「コレね、あなたを見てさっき描いたのよ」と、言い一枚の紙封筒を差し出された。

そこには赤いボールペンで僕の吉祥天ヘアだけが描かれていたのだった。

「コレ、差し上げるわ」

それから28年――

寂聴さんがお亡くなりになる前日のこと、仕事場で捜しものをしていたらたまたまその紙封筒が出てきた。

寂聴

「私は髪がないから気になってね」

と、あの時、微笑みながら描いた理由をおっしゃったが、今、思うと〝あなたの煩悩、レッドゾーンを振り切ってるわよ〟と、教えて下さる気だったのかも知れないな。

本当、ありがとうございました！

『よろしく哀愁』作詞：安井かずみ　作曲：筒美京平
『ブッツ仏像』作詞：勝手に観光協会　作曲：みうらじゅん

クリンちゃんの大冒険

人生の3分の2はいやらしいことを考えてきた。

プディングハムスターの〝クリンちゃん〟。

3年前にペットショップからうちに来たのだけど、最近とみに足が弱り、ケージから出してやろうにも、その少し高さのある入口になかなか登れない。手を添えてあげたいけど、君は噛み付いてくるんだもんな。ほんとに小っちゃな頃は僕の手の平に乗ったりして懐いてたのに。トイレットペーパーの芯を何本も繋げてトンネルを作ってあげたの覚えてる？　君は嬉しそうに入って遊んでいたじゃないか。

しかし、君は変わってしまった。1年ほど経って、少し大きめなケージに買い替えた時、組み立てた僕がミスをした。プラスチックの蓋の部分を前後間違えたもので、隙間が少し出来ちゃってたんだよな。しばらく何てことは無かったけど、君はいつもその隙間が気になって体を押し当ててたんだろう。

ある朝、ごはんをあげようとケージを見たら、もぬけの殻だった。

「クリンちゃんが脱走した!!」

我が家は大騒ぎになったけど、君からしたらそんな大袈裟なつもりはなく、たまたま擦り抜けられたってことだったろう。その日は家中捜したけど見つけられなかった。仕方なく、ごはんを入れてケージの入口を開けておいたんだ。お腹が空いたらきっと戻ってくるだろうって、甘い考えでいたから。

「クリンちゃーん！　クリンちゃーん！」

しかし、君は一向に姿を現わさなかった。

連日、呼び掛けはしたが、そもそも君はそれが自分の名前だと思っちゃいなかったろ。

もしや、いなくなった当日、または前日の夜、家のドアを開けた隙に外へ飛び出しちゃったのか？　それだともう、一生会えないかも。

〝かわいい子には旅をさせよ〟なんて言うけど、わけが違うだろ。何度か机や箪笥を退けて徹底的に捜索したが、無駄だった。床下が怪しいと思い、マンションの管理人さんに相談したが、そのために床板を外すことは出来ないと言われてしまった。

そんな絶望と不安のくり返しが1カ月以上も続いたある夕方のこと。

居間のカーテンの透き間に何やら小さな動くものを見た。

まさかと思ったが、まさかのクリンちゃんだったね。

プリンのような淡いベージュの毛色は随分黒ずみ、痩せ細ってる。一体どこに隠れてたんだよォ。

しかし、嬉しさの余り駆け寄るとまた、逃げ隠れてしまうかも知れない。ここは忍び足で近づいて、そろりと手を差し伸べてと……その瞬間、

〝シャーッ!!〟

という、初めて聞く威嚇のような鳴き声にギクリとしたよ。

僕は指を噛まれ、出血した。

それでもようやくのことでケージに入れたが、君のやさぐれはそれからも続くことになる。もはや〝ちゃん〟付けは似合わず、クリンと呼んでるのだが、一体、その長旅で何があったっていうんだい?

何も、責めてなんかいないよ。家出のきっかけを作ったのは僕だし、そもそもつがいで飼ってやらなかったのが悪かった。そりゃやりたかったろうな。せめての償いにと、コロコロボールを買ってあげたけど、君は近頃、しんどいのか、転がることもしないね。

「今、幸せかい?」

いや、そんなことを聞いても仕方ないか……。

ヌー銅物語　第2話

人生の3分の2はいやらしいことを考えてきた。


「ねぇ、銅像オリンピックに出る気ない？」

「え？　そんなこといきなり言われたって困るわ。だって私、体が硬いんだもん」

「大丈夫だって、私たちも最初はそうだったからね」

「そうよ、銅像だもの。硬いに決ってるわ」

「でも……」

「じゃ、ちょっと見てて、やってみるから。先ずは私がエビ反ってと――」

「やっぱスゴ過ぎ！」

「これくらいならあなただって、すぐに出来るようになるから」

「そうよ、驚くのはまだ早いわよ。ここからが本番、ローリングの見せどころなんだから！」

〝ローリング〟とは、銅像オリンピック団体種目のひとつで、如何に美しくそのフォルムが保てるかを競うものなのだ。

「私はエビ反りをキープし」

「そして、私が下から彼女を持ち上げ、さらに逆エビ反りを決めてと……」

「えーっ⁉　何、そのポーズ……苦しくないのォ？」

「そ、そりゃ苦しくないと言ったら嘘になるけどね、こんなのまだまだ序の口だからさ」

「そうよ、今度は私もこの体勢から裏返って……」

「大丈夫⁉　背骨、折れちゃうんじゃないの？」

「大丈夫、これがツインローリングスペシャル！」

「み、見事だわ！　美しい」

「どう？　あなたも参加する気になった？」

「いや、私には到底無理」

「やりもしないのに諦めてどうすんのよ」

「そうよ、まだオリンピック開催までには時間があるし、練習を積めば必ず出来るようになるって」

「ねえ、そこまで私を誘う理由って何なの？」

「あなたが必要だからに決ってんじゃない。ねぇ？」

「実はね、前回のオリンピックで、私たちよりさらに上のトリオのローリングが出ちゃってさ」

「なるほど……ちょっと待って、この写真よく見ると上の人、男じゃない？」

「そういうところだけは目敏(めざと)いんだから」

「だってぇ、チンチンモロ出しなんだもの……」

「イヤねぇーこのコったら」

「前回は負けちゃったけど、私たちのトリオだと芸術点が稼げるはず」

「ナイスバディ作戦ね！　私、何だかやってみたくなってきたわ」

「レッツ、トライ！」

その日から猛特訓が続いた――

「いいわよその調子！　エビ反りをキープしたままで、さらに恥骨を突き出して」

もはや優勝を確信してた彼女たちだったが、何と、ローリング史上最多チームの出現により敢えなく敗退。

「上には上がいるものね」

と、言って大きなため息をつくのだった。

沈黙の性感帯

人生の3分の2はいやらしいことを考えてきた。

多数の火山が連なる地帯を火山帯と呼ぶ。

しかし、若者にとって一番の関心帯は刺激によって性欲が誘発される身体部分〝性感帯〟であろう。

「オレはプロだから、それに乳首(ちくび)を付け加えるけどな」

と、高校時代、クラスメイトのNは言った。それは何もパートナーあっての話じゃない。ロンリープレイ、要するにオナニー時に乳首を付け加えると尚更いいとの主張である。

ま、そんなことよりNの上から目線な物言いが気になった。

誰しも義務教育の過程でそのやり口を学んだのではない。各人、夜な夜な手探りで〝自分らしい〟やり口を習得してきたわけだ。そもそも男の乳首などに関心はなかったし、そんな無用のものが付いてることすら疑問があった。

「男の乳首なんて意味ある?」

僕は腹立たしさもあって聞いた。するとNは、

「アホかお前、乳頭もレッキとした男の性感帯じゃ、ただの飾りと違うんやでぇー」と、言った。じゃ、それをどう扱えばいいのか教えて貰おうじゃないか。

「オレくらいになると、つまむと言うか、つまみ上げるな」

「え!? 痛いくらいに?」

「だな」

その時、Nが両手を使って励んでいる姿を想像して笑いそうになった高校時代。

あれから随分、時が経ったが、僕は一度もNのヤリ口をマネすることはなかった。

「乳首ドリルすな! すな! すな! すな!」

今でも大好きで録画までして観てる「吉本新喜劇」の、その劇中ですっちー&吉田裕の〝乳首ドリルすんのかーい!〟。

「すな! すな! すな! こーへんのかーい!」

僕は毎度、そのギャグに釘付けになってしまうのだが、Nのかつてのセリフ〝飾りと違うんやでぇー〟も同時に思い出す。それが『飾りじゃないのよ涙は』のメロディに乗っかって、〝飾りじゃないのよ乳首はハッハ〜♪〟ときてしまう。

そういえば新喜劇には、吉田ヒロの「チチクリマンボでキュー」もあった。

どうやら本当は男の乳首に関心があるのかも知れない。

「ニュートーの色は?」この場合の乳頭は男のものじゃないが、鶴光のオールナイトニッ

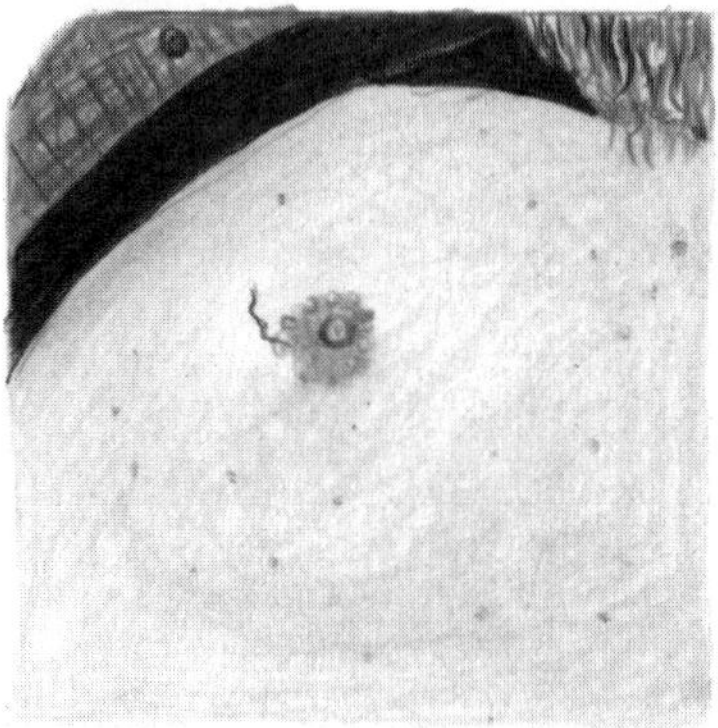

ポンより。

「よろチクビー」は、久本雅美な。

もっと古い記憶ではルーキー新一のギャグ「イャーンイャーン」をやる際、服の両乳首辺りをつまみ上げ左右に身体を振るやつもあった。

どんどん僕の頭に乳首ギャグが浮んでくる。

僕は還暦をとうに越えている。ここらでNのヤリ口を試してもいいんじゃないかと思い、初めてそれ目的で上半身をムキ出しにした。

そして、己れの豆粒みたいな乳首をつまんでみたのだが……。

あれ、ちっとも気持ち良くない。今度はつまみ上げる。ただ痛いだけだった。時、既に遅し？性感帯も老いるショックの影響で死火山状態。ただの飾りものになってしまったのかも知れない。


『飾りじゃないのよ涙は』作詞・作曲：井上陽水

ごめんね、ブツゾーマスター

人生の3分の2はいやらしいことを考えてきた。

「純がいやらしい番組に出て、いやらしいことを言っとった！」

と、おじいちゃんが御立腹だったたって話。亡くなって随分後にオカンから聞かされた。オカンにしたら自分の父親。複雑な思いでそれまで黙っていたのかもな。

小学4年生の時から僕はおじいちゃんに習字を教えて貰っていた。毎週、土曜日、うちの家から電車で6駅行った所におじいちゃんの住んでる〝庵〟があり、通ってた。

庵とは、風流人など浮世離れした者や僧侶が執務に用いる質素な佇まいの小屋のことを指すが、おじいちゃんは息子夫婦と同居していたし、その部屋も地続きだった。

それでも戸襖の柱に体のいい流木を打ちつけ、そこに達筆な文字で〝〇〇庵〟と書くまでの風流人であったことは間違いない。元・小学校の校長をしていただけあって、とても厳格な人物だとは聞いていたが、孫である僕には大層、優しかった。

それは僕がおじいちゃんに多大なる影響を受け、師匠のように慕っていたせいもある。

古美術に造詣が深く、取り分け僕がグッときた教示は仏像だった。初めて土門拳の仏像写真を見たのもその庵だったし、そこから派生し古瓦や石碑の拓本まで、小学生の趣味の域を遥かに逸脱してしまったのも全て、おじいちゃんのお陰と言える。だから、クラスメイトとは話が合わなくなったし、尊敬に値する人はおじいちゃん只一人と思うようになったのである。

地元・京都や奈良、和歌山までおじいちゃんは拓本のお供の名目で僕をお寺に連れてってくれた。

そんなブツゾーマスターとブツゾーキッドの関係は中学校に上っても続いたが、ある日、友達から「オレ、遂に彼女が出来た」と知らされ突如、僕の心に焦りが芽生えた。

いくら大好きな吉祥天像で対抗したところで、生身の彼女には到底勝目がないことによやく気付いたのだ。

僕も彼女が欲しい……崇拝の対象がシフトしその後、しこたま青春をこじらせることになる。

習字も止めたし、おじいちゃんとは親戚の寄り集りの時ぐらいしか顔を合せることはなくなった。

高校時代の趣味はギター。連日のようにオリジナルソングを作り録音。それを学祭のステージで披露、モテモテ作戦に出たが、唯一、クラスメイトのヤンキーに受けたのが『エ

野球帽をかぶったブツゾーキッドと、その斜め後ろ黒っぽい服で立っているのがブツゾーマスター。

ロチシズム・ブルー』という、いやらしい歌だけ。

　でも、それで僕は飛び道具を使うことに味を占めたのだ。

　それから美大を卒業、フリーの道を進んだが、それは駆け出しにとって何でも屋のこと。当時いやらしい深夜番組の代表格であった『11ＰＭ』にも、ちょくちょく呼ばれるようになった。

〝あんなに真面目でかわいかった純ちゃんが……〟

　その時、おじいちゃんは東京で変わり果てた僕を見、ショックを受けたに違いない。今更、弁解しても手遅れだけど、あの頃はスキルもなく、飛び道具でしか自分の存在を表現出来なかった。でも、僕なりに必死だったんだよ。

　それにもう一つ、あの頃のおじいちゃんくらいの年齢になった僕は『人生エロエロ』なんてタイトルの連載を文春で続けてます。

　本当、ごめんね、ブツゾーマスター。

ヌー銅物語　第3話

人生の3分の2はいやらしいことを考えてきた。

「ねぇねぇ、お母さん、見て、これ、どうかしら?」

「どう? って、おかしなコねぇ。私たち銅像なんだから、銅に決ってんじゃないの」

「違うわよ、お母さん、私のこのファッション、どうかしらって聞いてんの」

「またまたおかしなこと言うわねぇ。そもそも私たちはヌードなんだから、ファッションなんて関係ないじゃない」

「だからぁー、よく見てよ、お母さん!」

「え? 何だい、あんた、ズボンなんて穿いて」

「ねぇ、いいでしょ?」

「って、あんた、そのズボン、ピッチピチじゃないの。足に血が回らなくなっても知らないからね」

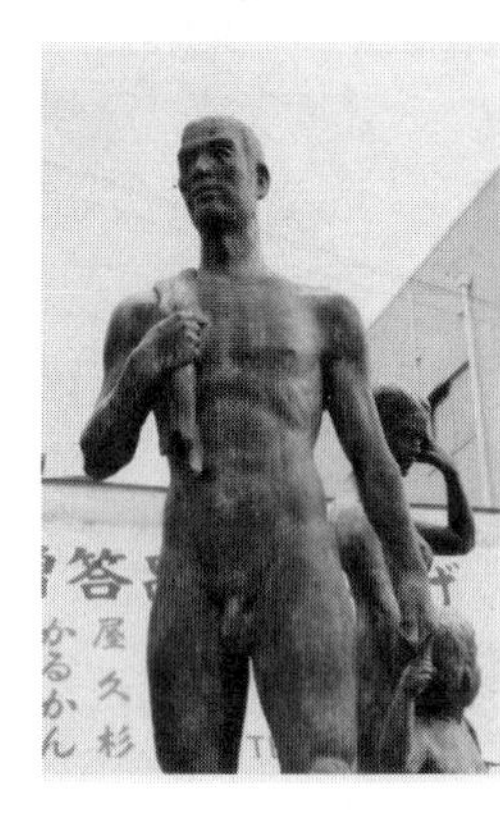

「……」

「それにね、そのカッコは世間じゃトップレスって言うんだよ。オッパイ丸出しで、あんた、恥ずかしくないのかい？」

「何よ、いちゃもんばっか付けて！　だったら何、お母さんはスッポンポンの方がむしろ恥ずかしくないって言いたいわけ⁉」

「……」

今度は母親が口籠った。

厳格なヌー銅家系に生れ育った母親だが、かつて娘と同じような疑問を抱いたことがある。

しかし、それを父親に告げた時、

「バカもん！　つまらないことを考えるな‼」

と、激しく叱られた。それがトラウマとなり、若い頃、父親に言われたようなことを今は自分が娘に言っているのだ。

「ただいまー！」

その時、姉の方も帰ってきた。

「今日は早いのね」と、玄関先まで出た母は娘を見て仰天した。

「仕事早く片付いたからデパートに寄ってこのブラウス、買ってきたの。どうかしら似合う？」

「と、とてもエレガントでいいじゃないか……」

「じゃ、良かった」

妹とは違い口答えなどしない姉までが……。つい、褒めてしまったが、やはりその着こなしに納得いかず、

「下は買わなかったのかい？」とやんわり聞いた。

するとと姉はそのアンダーレス状態に対し、

「この方がセクシーでしょ」と、平然と答えるのだった。

「今からごはん作るから」

そう言って母親は台所に向い、しばし〝セクシー〟と〝ハズカシー〟の違いについて考えたが、その結論は出なかった。

「ねぇ、お母さん！」

突然、声を掛けられ驚いて振り返ると、満面の

笑みを浮べた娘たちが立っていて「ハッピーバースデイ、ツゥーユー♪」と、手拍子を取りながら歌った。

母親は今日が自分の誕生日であることも忘れていた。

「ありがとう……」涙ながらに言って、下の娘には辛く当ったことを詫びた。

「お母さん、これ、私たちからのプレゼント」差し出された箱を開けると、姉と同じブラウスが入っていた。

「嬉しいけど歳だもの、やっぱり恥ずかしいわ」そう言って母親は照れてみせたが、それはアンダーレスに関してであった。

「お母さん、着てみてよ、絶対似合うから！」

しばらくして夫が帰宅。三人のハズカシーセクシー姿を前にただただ固まり、考える人となった。

タンパク宣言

人生の3分の2はいやらしいことを考えてきた。

空の牛乳瓶に放出した精子を溜め、遊びに来る友人に、「だって、捨てるのはかわいそうやろ」と、まるでペットを飼ってるみたいに言ってたKから披露宴の案内状が送られてきた。

高校時代、仲はとても良かったが僕が上京してから一度も会っていない。

案内状の隅に汚い文字で〝Sも呼んでるさかい来てな！〟と、書いてある。それはたぶん、大学時代の友人がメインか、もしくは就職先の上司をたくさん招いているのだろう。どちらにせよ、僕がアウェイにならないよう考慮してくれたことに感謝である。

会場は京都駅近くのホテルだった。受付で名前を告げると、席を書いてある紙を渡された。もう既に大勢の人が集り、がやがやと雑談の声が響き渡っていた。

ある円卓の席から「こっちやこっち！」と、言ってSが手招きしているのを見つけ僕はようやくホッとした。

「どない？　元気してた？」

Sもホッとした様子で、しばし高校時代のなつかし話をした。

その時、突然、円卓の向うから、

「まだけー！　遅いなぁ、あいつ、早よせーやぁー！」

と、酔っぱらってるような口振りで男が大声を上げた。

すると、「まぁまぁ先輩、すぐ始まりますからもう少しの我慢我慢」と、隣の男が宥めた。僕らと大して歳が変わらないだろうその連中はKの大学時代の友人に違いなかった。

「早よせんかいボケ！」

その先輩と呼ばれてる男の横柄な態度から、まさかKが大学時代、ガッチガチの体育会系クラブにでも所属していたのかと思い、Sに耳打ちで聞いた。するとSは「ようは知らんけど、歴史の会みたいなやつに入っとったらしいわ」と、言う。

〝歴史の会なん……？〟

しばらくして会場が暗くなり、それらしき音楽と共に新郎新婦が登場、拍手喝采となったのだが、その先輩はまだ、ぶつくさ言ってた。

「ま、昔のことやし、もうええやないですか」

深い事情までは読めないが、後輩のフォローからして、この結婚自体に不満があるようだ。僕は新婦もかつて、その歴史の会とやらの部員ではなかったかと思った。

やはりKは会社の上司もたくさん呼んでいて、やたらスピーチが長引いた。

それにもイラついたのだろう、先輩は「俺、スピーチの時、あの話して台無しにしたろと思てる」と息巻いた。

「いや、あきませんよ、あの話だけは……」

その後輩の言葉に僕とSは顔を見合せた。

〝あの話って、もしや牛乳瓶の一件では？〟

Kのこと、彼女は別として家に遊びに来た先輩・後輩に得意気に見せてる可能性がある。

しかし、結局、ガッチガッチにあがってしまった先輩のスピーチは極フツーの祝辞がせいぜいだった。

円卓に戻って来た時、その不甲斐無さをどうにかつくろおうと思ったのだろう、運ばれたコース料理の伊勢海老グラタンの皿を指さし、「コレ、ウルトラマンの八つ裂き光輪で真っ二つに切られたバルタン星人やんけー！」と、言ってひとりで大笑いした。

「先輩、落ち着いて下さいよ……」

いや、それには僕も同感、少し、笑ってしまった。

モーターサイクル・ダイアリーズ

人生の3分の2はいやらしいことを考えてきた。

蘇民将来（そみんしょうらい）の伝説——

〝素戔嗚尊（スサノヲノミコト）が旅の途中、一夜の宿を借りようと、裕福な家に住む蘇民将来の弟に申し出たところ断られたが、貧しい兄の蘇民の方は温かく迎え入れもてなした。素戔嗚尊はそのお礼に護符を与え、疫病より免れしめると約束された——〟

高校時代、通学電車の行き帰りがいっしょで親しくなったクラスメイトのN。家が一駅違いだったもので、休日にはよく遊ぶようになった。

「オレにええ彼女紹介してくれや」

「お前こそ紹介しろや」

どちらも彼女など出来るはずがなかったもので、それが逆に仲を深めていったともいえる。

「バイク買うたんや、しかも二人乗りのやでぇー」

だから、ある日、Nがそんなことを得意気に言った時、僕は少し焦った。

「原付でええやんけ。何もそんな免許まで取らんでも。後ろに乗せる彼女なんておらへんのやから」

ムキになって返した僕にNは「ま、そうやな、お前ぐらいしか乗せる奴おらへんのにな」と、笑いながら言った。

それから中間や期末テストの前日になると、Nは「お前がちゃんと勉強しとるか偵察に来た」と、冗談めかして言ってそのバイクに乗り、うちの家に来るようになった。

大概、深夜1時頃、静かな町内にエンジン音が鳴り響いたかと思うと、僕の部屋の前で停車、サッシ窓をコンコンとノックしてくる。僕もその頃には待ち構えていたので、サッシ窓を半分開けて「すぐ外に出るから」と、まるでデート気分でNに告げた。

2階で寝ている（はずの）親はたぶん気付いていただろうが、こっそり家を抜け出して僕は、Nに渡されたメットをかぶり、後部座席に跨ってNの腰にしがみついた。

「今夜はどこら辺まで行ってこましたろか？」

Nはワイルドな口調で言ってバイクを加速、静かな街を突っ走った。

〝ミーンミーンミーン〟

夏場の蟬のよう、それはどこぞにええ彼女おらへんのかーい！　と鳴いているようだった。当然、翌日のテストは全くダメだった。でも、僕はNのバイクに乗ることが何よりも楽しみだった。

が、ある日――

その夜はテストの前日でもなく、冬休みに入って間もない朝から雪がちらつくとても寒い日だった。サッシ窓を叩く音で目を醒した僕は、恐る恐る「Nけ?」と聞いた。すると外から「オレやオレ」という返事。慌てて窓を開けると「助かった、電気ついてへんし、お前、おらんのかと思たわ」と、いつものようにバイクに跨ったNは言った。

「寝とったわ、もう。何時やねん今?」

不意な訪問に少し迷惑そうな声で返す僕にNは、

「すまんすまん、今日な、泊るとこあらへんからお前ん家に泊めてもらおかと思て」

と、突然なことを言う。半分開けたサッシ窓からはいつもNの顔しか見えなかったが、僕は何か様子がおかしいと思って、窓から乗り出すように顔を出したら……、バイクの後部座席に女子の姿が!

「ラブホテル行く金あらへんねん。何もせーへんから泊めてくれや、なぁー」

断って以来、Nは来なくなった。もし、僕が蘇民将来の貧しい兄であったなら……いや、あの時泊めていたなら、二人は必ずうちの家でちゃっかりセックスしたと思うんだよな。

釣りパコ日誌

人生の3分の2はいやらしいことを考えてきた。

まだ子供が小さかった頃、家族旅行で海沿いのとある観光ホテルに泊りに行った。

フロントで釣竿を貸すサービスがあり、釣った魚を持って帰ると夕飯にフライにして出してくれるという。釣りなどほとんどしたことがなかったが、時間を持て余していたので僕は子供の手を引いて一旦、部屋を出た。

その時、釣り場を聞いたが、ホテルの前の堤防で十分釣れますよとのこと。釣り餌も同時に渡されたが、うじょうじょ蠢くそれはとても気持ち悪かった。「頑張って釣ってきてね」と、出掛ける際、妻に言われたが、先ず釣り餌を針に付けるのが試練だと思われた。

ホテルを出て、言われた堤防のある裏に回ってみた。季節は春だが、まだ潮風はとても冷たかった。その道すがら子供が、「はだかの人がいるよ」と、言った。

僕は気にも留めず進んだが、「ほら、あそこにいるよ」と、しつこく言うもので子供の指さす方向を見た。

それは僕らが泊っているホテルの窓だった。

〝えっ⁉〟

5階くらいだろうか、光がガラス窓に反射していてはっきりは見えないが、「おっぱいだおっぱい」

子供に指摘されなくてもそれが若い女性だということはすぐに分った。

しかし、この場に立ち止っていては覗きと見做される。

僕は「なるほど、あそこに大きなお風呂があるのか……」などと呟き、今度は少し強めに子供の手を引き堤防に向った。

そして、適当な場所に座り、嫌々、蠢く釣り餌を針に貫通させた。

「おさかなつれるかなぁ」

子供の気持ちはすっかり変わっていたが、僕は釣り糸を垂れながらしばし裸の残像に思いを馳せた。だって、どう考えてもあの窓は決して大浴場のものじゃない。フロントで案内を聞いた時も地下1階と、新館の最上階に展望風呂があると言っていた。それに一番気になっていることは、彼女がガラス窓に両手をつき、張り付くような体勢でいたことだ。

いち早く、大浴場に入った彼女が部屋に戻り、浴衣に着替える前、裸のままでガラス窓の所に行き、大海原を見つめてた。

いや、それでは説明になっていない。当然、想像したのは彼女の背後から密着する男の存在だった。あの見上げた角度からでは男の姿は確認出来ないが、たぶん部屋に通されるなりおっ始めやがったカップルの仕業と見ていい。

それにしても釣り糸はピクリともしない。やはり僕には向いていないのだ。

「もうかえろうよぉー」と、子供も言い出した。

夕飯までまだ、だいぶ時間はあるが腰を上げた。

あの部屋が見える道を避けるためには遠回りになる。いや、流石にもう済んでいるだろうと思い来た道を戻ったところ、

「おっぱいおっぱい！」

今度は選挙カーを見つけた時みたいに、子供は彼女に向って大きく手を振ったが、何の反応もなかった。
「1匹も釣れませんでしたか」、バイキング会場でホテルの方が言ってきた。
「……あ、はい」
僕の返答が少し遅れたのは、ここにあのカップルがいるんじゃないかとそのことばかり気になっていたからである。

妄想研の女

人生の3分の2はいやらしいことを考えてきた。

僕は昔から作り笑顔がうまく出来ない。

そもそも何もおかしいことがないのに笑うなんて不自然だし、ましてや役者でもない僕にとってそれはとても照れ臭い。それでもインタビュー後か前にカメラマンが作り笑いを求めてくることがよくある。今では冗談まじりで「じゃ、何かおもしろいこと言って下さいよ」と、返せるようにはなったものの、相変らず表情はぎこちない。

言語化すると「アハハ」までいかず「エヘヘ」止りなのだ。しかも、そういう時はサングラスもかけているので「もっと歯を見せて笑って」などと、さらに大袈裟を要求される。

室内であればまだしも、野外の撮影は早く終って欲しいのでこちらも懸命になるが、やはり不慣れはどうしようもない。後日、送本された雑誌を見るとそんな苦労も甲斐無し。「エヘヘ」止りの写真が掲載されていて少し凹む。それは見ようによっては、いやらしいことを考えている時、またはいやらしいものを見た時の薄ら笑いにも取れる。

「あなた、今、よからぬことを妄想してましたね?」

まだ、こんなことで検挙されはしないが、いつの時代か、科捜研ならぬ〝妄想研〟などという職種が生れるかも知れない。それまでには要求されなくてもスカッとした笑顔を作れるようになっておかなければと思うのだが——

「この調書によると、お前は混んだ電車内で女性の太腿辺りを凝視し、妄想に耽っていたとあるが、間違いないか？」

「いや、刑事さん、とんでもない、違いますって！」

「違います？　じゃ、じっくりお前の言い分を聞こうじゃないか」

と、言って捜査一課長は鋭い眼光で容疑者の顔を見た。

「いや、その時、僕はシートに座ってたんです。当然、前に立った女性の足は目に入りますよね。ただ、それだけのことで何も、凝視なんかしちゃいませんよ」

「チラ見だと言いたいわけか？」

「ま、チラ見ですかね」

「時間にして何分？」

「だから、チラ見ですからそんなに長くは見てませんって、たかが数秒」

「何秒くらい？」

「って、3秒くらいかな」

「署は既にお前を妄想常習犯としてマークしていた。3秒もあれば事足りるはずだ」

「違いますってダンナ！」

その時、取調べ室のドアが開き、白衣を着た妄想研の女が現われ、「これがなによりの証拠よ」と、パソコンを開いた。そこには車内で隠し撮りされたその男の顔が映っていた。妄想には付きものの薄ら笑いを浮べて——

場所は変わり、夕暮れ迫るビルの屋上。そこには男女の姿があった。

「またも妄想研のお手柄だな」「いや、課長のお陰ですよ」

残光のせいで課長の頭部が際立って見える。

「ねぇ、いつも課長のかぶってるその帽子、何て言いましたっけ？」

「藪から棒に何だよ、ハンチングに決ってるだろ」

〝ハン、チン……その形状通りだわ〟

「どうしたんだ？　お前、薄ら笑いまで浮べて」

指摘され一瞬ギクリとした妄想研の女はすぐさまそれから目を逸らし、「夕陽がキレイ……」と、己の妄想を打ち消すべく、そう呟くのだった。

東京のデッサン

人生の3分の2はいやらしいことを考えてきた。

「東京の美大を目指すんやったら、一度、東京のデッサンのやり口を見といた方がええで」

と、高3の時、美術予備校の講師に教わり、僕は夏期講習を受けに上京したことがある。

その間、遠縁の親戚の家に泊めて貰ったが、初めての東京にとても緊張した。

その東京のデッサンのやり口というものは本当にあるのだろうか?

半信半疑でいたが、講習初日、見たこともない石膏像を前に〝このことか〟と、思った。

よくある胸像のブルータスやパジャントと違い、それは七分身像といわれるタイプのものだった。

勇んで朝早くから席取りに並んだもので、その石膏像の間近な場所にイーゼルを立てることが出来た。

きっと僕のような夏期講習だけを受けに来た田舎者もいたに違いないが、教室に響き渡る会話はこの予備校の生徒だろう、いわゆる東京弁だった。

「また、マルスかよォー」

その男のセリフから、頻繁に出される石膏像であることが分った。

しかし、次に続いた女子の「マルス、顔と身体はめちゃタイプだけど、チンコの方が残念だよね」に、一瞬、耳を疑った。

東京で聞く初チンコ、しかも女子の口から飛び出したことに僕は驚きが隠せなかった。

「バカじゃねぇのお前」

男が言って会話は中断したが、たぶん二人は後ろの方の席に座ったのだと思われた。

チンコのインパクトで薄らいではいるが、真の問題は残念だよねの方にある。

確かにこのマルスとやらのチンコは見た目、小さいかも知れないが、身体自体、等身大でないことは明らかだ。全体が小さく作ってあるのだからチンコも小さくなって当然ではないか。それに僕のモノと比較しても……

などと、考えていたものでちっともデッサンに集中出来ない。

いや、そもそも地元でも集中力はなかった。中途で放り出し、外でタバコばかり喫ってた僕。

特にこの石膏像ってやつは、ただ白くて苦手なモチーフだった。

「形じゃなく光で捉えろ」と、講師は禅マスターみたいなことをよく言ったものだけど。

結局、ここでも提出の前日になっても僕のデッサンはまだ途中。講評会でけちょんけちょんに言われることには慣れてはいたが、東京での一発目がそれでは流石に凹む。

その日は昼の部に混じってもいいと言われていたので、僕は夕方まで粘って続きを描いていた。

教室はやがて薄暗くなり、ほとんどの生徒が退出していった。居残ってる奴が気になり振り返ると、何とあのチンコ会話の二人だけ。仲良さそうに座ってた。いや、正確には一つの椅子に抱き合って座っていたのである。

僕はまずいものを見た気がしてすぐ向き直ったが、しばらくして〝うぅん〟という微かな喘ぎ声が背後から聞えてきた時、もはやこの状況に耐え切れなくなってデッサンを放棄、教室を出た。
信じ難いことだが、どうやら東京のデッサンのやり口というものは、ペインティングならぬペッティングが胆らしい。

恍惚のカセットテープ

人生の3分の2はいやらしいことを考えてきた。

作家のいとうせいこう氏と各地の仏像を求めて旅する『見仏記』シリーズは、30年目に突入した。早くも3巻目で海外へ飛び出した我々は、韓国、タイ、中国、そしてインドへ渡ったが、それは修行の長旅と違い、「やっぱ次は中国でしょ」「パンダも見たいしね」などと、日本に戻ってきて次の計画を立てる、いわば仲いい夫婦の旅行のようなもの。宿泊先でもほとんど同室だったしね。

でも中国の旅はかなりハードスケジュール。北京から夜汽車に揺られ、朝早くから大同(だいどう)という街の雲崗(うんこう)石窟を見学した我々は若い現地の女性コーディネーターと共に車に乗り込み、次の目的地へ向った。

「ここからが大変ですからね」

助手席から振り返りながら彼女は上手な日本語でそう言って微笑んだ。

「遠いんですか？　懸空寺(けんくうじ)」

と、少し不安になって僕が聞くとドライバーと今度は中国語で喋り、「ここから75キロ先だそうです」と、話してくれた。

前もって写真で知っていたが、断崖絶壁に建つ寺である。それは仕方ない。我々はしばらく車窓から果てしない田園風景を見つめていた。

それから何時間くらい経ったのか、後部座席でうとうとしてる我々に彼女は、「もう、半分くらいまで来てますよ」と前置きし、「気分転換に私の大好きなカセット流してもいいですか？」と、聞いてきた。

「もちろんですとも」

「今、中国の若い人がどんな音楽が好きなのかも知りたいので是非！」

我々がそう返すと彼女は「とてもいい曲です」と、嬉しそうに言って、カーステレオにカセットを差し込んだ。その瞬間、

〝ブォ〜ッブォ〜オブォ〜ォ〜ッ♪〟

と、車内に響き渡ったサックス演奏に我々は驚き、顔を見合せた。

〝ブォ〜ッブォ〜ッ♪〟

いとうさんは今にも吹き出しそうな顔で、

「こ、これは『フィーリング』のメロディのようだね……」

と、その曲名を言った。

続くは『ニューヨーク・シティ・セレナーデ』、そしてローリング・ストーンズの『ア

ンジー』と――。

彼女が言う通り、いい曲には違いないが、これはかなりの年配者がムーディな現場をさらに盛り上げるべく流すイージーリスニングではないか。

その時、僕が確かめたくて仕方なかったのはカセットのジャケ写。

この純情そうな彼女はそれを承知の上で大好きと言っているのか?

「このカセットの箱、ありますか?」と、聞くと、友達に貰ったものなので、ないと言う。

〝やっぱりな〟

僕はその時期〝フェロモンレコード〟なるものを集めていた。要するにジャケ写がエロくてグッとくるやつだ。特に'60年代から'70年代にかけてのサックス演奏もののジャケットには過剰なヌード写真がつきものだった（日本盤のみかも知れないが）。

車内ではサックスによる『スカボロー・フェア』が始まった。とうとう彼女が歌い始めたもので、我々もそれに合せハミングした。

すぐ寝る男

人生の3分の2はいやらしいことを考えてきた。

もう随分前の、ボブ・ディラン来日のことだ。僕はツアー先の秋田県で、生れて初めて最前列の席で見た。会場はオーケストラスペースもなく、ステージは目と鼻の先。

「しかも、ど真ん中の席！」

「ス、スゲェー!!」

僕は同行した友人と開演前からはしゃいでた。

定刻通り、客電が消え、バックバンドと共にステージに登場したディラン。エレキギターを肩に下げ、センターマイクに進んで来た。あぁ、それにしても何という至近距離だ。手を伸ばせばその黒いズボンの裾に触れられそうだ。

歌の合間にハーモニカを吹いた。その時、唾が霧状になって舞うのが見える。ファンにとってそれは、奇跡のシャワー。こんなチャンスは二度とない。僕は少しでもそれを浴びれるよう、椅子からさらに身を乗り出した。

その時である。隣の席で大口を開け爆睡してる友人の姿に気付いたのは。

まだコンサートは始まったばかりというのに、だ。

そして同時に〝ヤバイ！〟と、思った。何せ、最前列のど真ん中だ。ステージ側からは少し、見下ろしただけでそのバカ面に気付くはず。

いや、ディランはもうとっくに気付いていて、見て見ぬふりをしてるのかも。

僕は友人に何度か肘鉄を食らわせたが反応はなかった。

それにしてもどうしたっていうんだ？　期待していたものと大きく違ったか？

秋田行きを誘った時も、

「お前といっしょだったら絶対、楽しいから」

と、優しく言ってくれたじゃないか？　待て、ひょっとして、友人はこの日のために徹夜で仕事済ませてきたのかも知れない。それなら叩き起すのはかわいそうだ。色々、悩んだ挙句、ディランには大変、申し訳ないが放っておくことにした。

イビキが出ずに済んでそれは不幸中の幸いだった。

客電がつき、会場が明るくなると友人は何事もなかったように目を覚まし「腹、減ったなぁ」と、僕に言ってきた。

夜の繁華街に出て、居酒屋に入った。「疲れてるのに呼んでスマン」と、僕が切り出すと友人は、とぼけているんだろうか「いやぁ、こんな経験二度とないよありがとう！」と、笑顔で返してきた。

その時まですっかり忘れていたが同じようなことが数年前にも一度あった。それは友人の方から誘ってきたピンク・フロイドの来日コンサートだ。終盤近くに横を見ると、彼はパイプ椅子にもたれ、死んだように爆睡してた。

そもそもコンサート自体が苦手なんじゃないか？　言ってやりたかったけど、話題が突然、セックスに変った。

「オレ、この間もえれぇ彼女に叱られてさ」

「何だよ、浮気でもバレた？」

「バカ野郎！　オレは彼女一筋だって。そうじゃなくて、やってる最中にオレ、寝ちゃうことがあってさー」

僕はその瞬間、全ての疑問が解けた気がした。

そして「それは、部屋が真っ暗だったからじゃないのォ」と、子供を諭すような口調で指摘した。

キョートの休日

人生の3分の2はいやらしいことを考えてきた。

—拝啓　榊(さかき)マリコ様へ—

私は4年前、首から右の手先にかけて激痛が起り、まともに仕事が出来ない状態に陥りました。

いろんな病院を回ったのですが痛みは治らず、もう廃業かと昼間から自宅でふて寝していたんです。

そんな時、寝床の横に置いた小さなテレビで初めてあなたの『科捜研の女』を観ました。

再放送のドラマを連日のように観たのは20代の頃以来でした。久々にハマりました。いや、僕にとってマリコさんは毎日、回診に来られる白衣の天使だったんです。

癒しのお陰で1年後、ようやく痛みが和らぎました。本当にその節はお世話になりました。

ところで、そんな『科捜研の女』がシーズン21で終るって本当なのですか？

ビデオ録画した『最終回2時間スペシャル』を再度、チェックしたのですが、思うにまた、土門刑事が一旦、警視庁・捜査一課長の大岩純一になりすまし「必ずホシをあげる！」を連発した後、しれっと京都府警にお戻りになり再開しますよね？

いくら最終回ぽく、回想シーンを入れ込んでもファンは騙されませんよ。

例えはあれですが、ホラー映画の『13日の金曜日』シリーズなんて『完結編』を公開しておいてその先、しれっと8作も撮ってますからね。むしろ、そうじゃないと困ります。

それに僕は勝手に最終回〝キョートの休日〟というシナリオを考えているんです。

御迷惑かと思いますが、ラストシーンだけでもお聞き下さい。

京都府警科学捜査研究所

亜　美　え⁉マリコさんが……
呂　太　えーっ⁉ウソでしょ！
所　長　どうやらマリコ君は幼い頃に日本へ亡命してきたらしいね
呂　太　えー、そうなると元・所長はマリコさんの本当の父親ではないのォ
宇佐見　そのようですね。その国は当時、内乱が激しく、女王は秘密のルートで娘を国外に逃した

風丘法医学教授、入ってくる

風丘　まいど！本日のスイーツはねぇー
亜美　って、そんなことより風丘先生はマリコさんが女王の娘だってこと
風丘　うーん、私は昔から
呂太　知ってたのォ!?ズルイ
風丘　ごめん、いつかマリコさんが女王の座に就き日本を離れると思うと悲しくてさ
蒲原刑事、慌てて入室
蒲原　みなさん、急ぎましょう！もうすぐ空港でお別れの記者会見が行われますから
呂太　大変だぁースイーツ食べてる場合じゃないよ
所長　ところで蒲原君、土門さんはどうしてる？
蒲原　はい、土門さんは既に現場の方に
所長　そうか、一番ショックを受けてるのは彼じゃないかなぁー
宇佐見　……
空港内に設けられた会見の壇上。榊マリコは頭にティアラを付け、純白のドレス姿で記者の質問に応じている
記者　京都で一番印象深い所はどこでしたか？
マリコ　そうね、京都府警の屋上かしら
記者　屋上？いい思い出でもあるんですか？

マリコ	それはヒミツ

警備に当る土門刑事の顔アップ。会見が終り静かになった空港内。エンディング曲流れる。土門、涙をこらえコツコツと靴音だけを響かせフレームアウト

大仏の正体

人生の3分の2はいやらしいことを考えてきた。

「大仏好きなんですよね」

と、僕はよく言われることがある。

そんな時は先方に修正を促すべく、

「ブツゾーがね！」

と、強調してみせるのだが、全く気付く様子もなく、それどころか「実は俺も大仏には思い出がありましてね」と、自分の話に持ち込もうとする始末である。

だから待ってよ。何度も言ってるでしょ、僕が好きなのはあくまで仏像であって、大仏に限ったわけじゃないから。たぶん君は仏像イコール大仏のことだと思い込んでるようだが、よく考えてみ、その漢字。大きい仏と書いてあるでしょ。

正確には丈六（立像はたけが一丈六尺〔約四・八五メートル〕、座像は八尺）以上のものを大仏とみなすわけだけれど、君にはそんな講釈、どうでもいいんだろうね。

「中学の修学旅行が奈良でしてね」

始まっちゃったよ。

「俺らの時代はね、大仏の前で好きなコに告るのが流行ってましてね」

って、僕より随分歳下のくせにまるで奈良時代に生きてたみたいに言うじゃないか。

「ふーん、そうなんだ」

「大仏の前だと恋愛成就もちょろいじゃないっスか」

って、どうなの？　その解釈。僕は中・高と男子校だったので今更ながら少し、ムカついた。

君はその大仏の正体を、知らないんだろう。

この地球上に現われた釈迦如来は仏の仮の姿で、その本身として宇宙に遍満する真実の仏、毘盧舎那如来。だから恋愛成就なんて受け付けてないって。

「いや、俺も大仏の前に立った時、好きなコに告ったんスけど、それが何と、彼女の方も俺に告られるの待ってたって言うんですよね」

いや、それは大仏の思い出じゃないでしょ？

「スゴイと思いません？　大仏効果って！　それからもう修学旅行がデートに変っちゃいましてね」

「ふーん、そりゃ良かったね」と、一応、返したけど、いつかこいつに仏罰を与えて下さいとも願ったよ。

そもそも僕はこんなボンノウの徒を修学旅行に連れてっていいものかと疑問を持ってるよ。特に中・高時代の〝青春〟とやらは煩悩と同義語だからね。

それは僕も身を以て知っているよ。

学校側としてはたぶん、ここは一発ガツンとでっかい仏に戒めて貰おうと考えてるのだろうが、そこが絶好の告りの場になろうとは流石にお釈迦様でも気づかなかった。それに加え、京都の三十三間堂をスケジュールに組み込んでいるのは、千一体の千手観音像に、今度は生徒ひとりひとりをマンツーマン方式で叱って貰おうという魂胆なのだろうが、効果はありました？

もういっそのこと修学旅行は年寄りになってからに先延ばしした方がいいんじゃないか？

「やっぱ、大仏はスゴイですよ」

奴は話を戻したが、ちなみに僕がその間、思い出していたのは、大仏顔で有名だった演歌歌手のことであった。

監督失格

人生の3分の2はいやらしいことを考えてきた。

〝夫婦漫才〟というものが子供の頃、ちょっと怖かった。

「いやぁー、ぎょうさんお客さん来たはるやん、ありがとうございます」

「ま、全員、私目当てやろけどね」

などと、最初はたわいも無い話で笑いを取るが、その内、

「アンタ、この間、めっちゃ腹立ったんやけど。謝って」

と、家庭内での揉め事を客前で報告し始める。

よくよく考えると当時の漫才は台本を書く作家がいて、二人は演じてただけなのだが、
特に離婚してもまだ続けてるコンビの場合、それはとても生々しく聞えた。

「こいつね、他所(よそ)で女、作りよりましたんや」

「おいおい、そんな話、ここでせんでもええやろ！」

これが始まると我が家の団欒も雲行きが怪しくなってきて、

「どうや？　学校の方は、楽しゅうやっとんのかいな」

と、親は他の話題に変えようとするのだけれど、

「お客さん、聞いてくれる？　こいつ、昔はね、私のこと好きや言うて、よう抱いてくれたもんですわ」

「アホか、もう、お前とはやっとられんわ！」

テレビから客の笑いが漏れてくるが、茶の間は静まり返ったまま。僕は毎度、後ろメタファーを抱え込んだものだ。

それがあの時、突然、心に響き渡ったんだ。

〝よう抱いてくれたもんですわ、よう抱いてくれたもんですわ……〟と——

30代半ばの頃、吉本興業の方から「劇場前で流す客寄せのプロモ・ビデオ、作って貰えまへんやろか？」と頼まれ、そんなもの作ったことはなかったけどノリで引き受けた。

結局、撮影や編集は親しいカメラマンやデザイナーに任せっ放し。僕が主にやったことは〝ない漫才〟を考え、その台本を書くことだった。

黒の上下のスーツ姿で舞台に登場するピン芸人。

後ろを向くと生尻が丸出しになっていて「こんにちプ～ウ～」と、おならをひりながら漫談するものとか、そんなのだけどね。特に自信作は例の夫婦漫才。さらにエロをパワーアップさせたつもり。吉本が用意してくれた男女の芸人が舞台に登場。

センターマイクの前に立つが、通常の横並びじゃない。前後にピッタリ密着してだ。

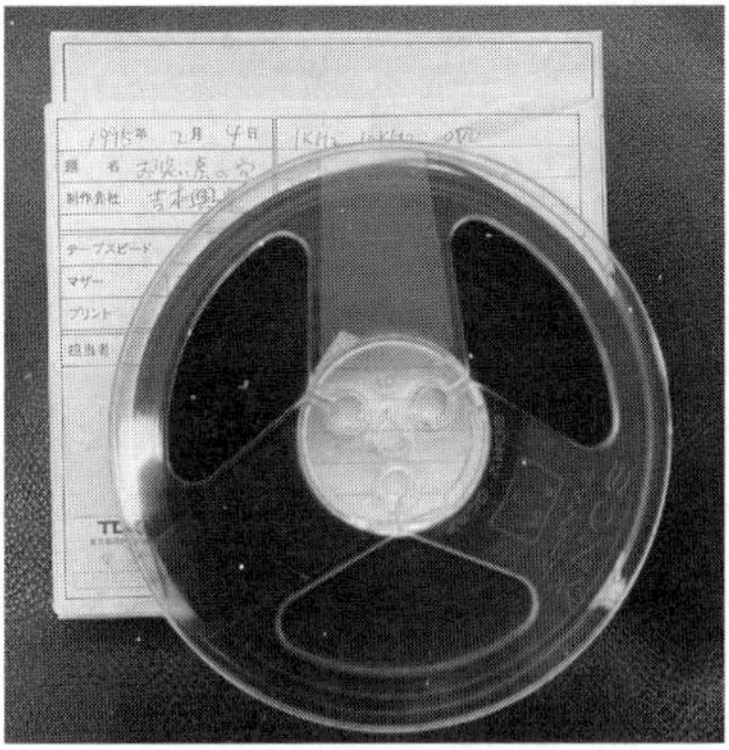

「いっぱいの御来場、ありがとうございます」

と、前に立つ彼女だけが話し、背後の男はただ、うなずく代わりに腰を激しく振るという〝ない〟スタイル。

「アンタ、後ろからずっとツッ込んでるけど、それ、漫才のツッコミやあらへんからー、もう、えーかげんにしなさい！」

と、バックスタイルのまま舞台を降りるというもの。

プロモが完成し、まわりの評判は良かったもので、調子に乗った。それをもう少し長尺にして、ある映画祭に堂々、参加したのだ。

　海外から来た映画関係者もいた中での上映。僕はそこで初めて〝ブーイング〟というものを耳にした。

　大層、エロがお気に召さなかったらしい。その上、帰り際、映画祭の委員長から真顔で「二度と来ないで下さい」とまで言われた。

　あれから27年もの間、そのフィルムはうちの事務所でお蔵入りになっている。

みうら名人

人生の3分の2はいやらしいことを考えてきた。

ファミリーコンピュータ（通称・ファミコン）が発売されたのは'83年。

当初、どの店も売り切れ状態で、欲しくても手に入らなかった。

そんな時、友人から神田にある〝かるた〟専門店で買ったという話を聞いた。

どうやらファミコンの発売元・任天堂が、そもそも花札などの玩具を出していた会社で、そこが特約店だからだという。

半信半疑だったが早速、訪れてみたらフツーに売っていて驚いた。

それまで何度も街のゲームセンターで、いわゆるシューティングものと呼ばれるゲームを好んでやった。

大概、舞台は宇宙で撃ちまくり逃げまくりするだけなのだが『ムーンクレスタ』ってやつは、途中、上から降りてくる味方の宇宙船とドッキングしてパワーアップすることが出来る。その時の操作が微妙で、うまく合体しないと2機とも爆発してしまう。それには機械の不具合もあるので、ゲーセンに入ると先ずその操作レバーの点検を行ったものだ。

乱暴に扱われたものは当然、レバーが甘くなっているし。グラグラ状態での挿入、いや、合体、いやドッキングはうまくいくはずがない。

そんな教訓を得るために僕はどれだけゲーセンに金を落してきたことか。

その点、ファミコンは1台持てばいくらやっても金が減る心配がない。僕はあの日、本体と同時に買ったシューティングもののソフト『ゼビウス』を連日連夜、やり続け、そのまま朝を迎えることもしばしばあった。

「まだ、やってんの？　バカみたい」

彼女は全くテレビゲームに興味がなく、そんなことをふいに背後から浴びせてくるもので、オナニーが見つかった時みたいにとても気まずかった。

「仕方ないだろ、だってこのゲーム、セーブ出来ないんだから……」

その言い訳もいつも同じ。

初期ファミコンは一度スイッチを切ってしまうと、次やる時はまた最初の面からやり直さなければならなかった。

「そんなこと私に関係ないんだけど」

そりゃ、おっしゃる通りだけど、今回は特に重要なんだよ。こんな面まで進めたのは初めてだし、どうやらゲームの神が今、僕に憑依してる。ここで止めちゃ全てが水の泡……

〝ババーン！〟

マズイ！　一機やられた。

「ねぇ、それ、ものすごく電気代かかってんじゃない？」

頼む！　今は話し掛けないでくれ……

「ねぇ、ここ、ものすごく熱くなってんだけど」

待て！　その彼女のセリフだけは聞き流せない。〝ここ〟と言ってるのがたぶん、いや確実にコンセントに差し込んだファミコンのアダプター部分だからだ。

僕は当然、長時間使うと火を吹くんじゃないかと心配になるほど熱くなることを知っている。でも、そこを抜かれちゃ元も子もない！

〝ぬ、ぬ、ぬかないで……〟

「すぐ冷めるから大丈夫」

そんなアドバイスも虚しく彼女は一気に引っこ抜き、ゲームオーバー……

あれからどれだけ時が経ったろう。今は全くテレビゲームをしなくなった。

それは、僕の身体のシューティング機能の低下と関係しているのだろうか。

ミステリアスな高身長

人生の3分の2はいやらしいことを考えてきた。

確か、10年くらい前だと記憶するが、映画雑誌の対談でうちの仕事場に斎藤工さんが来られたことがあった。

ドアを開けると編集者、カメラマンと共に180センチ以上はあるだろうスラッとした長身の甘いマスクが立っていた。

ソファに座りお互い好きな映画の話を始めたが、その中で斎藤さんが出した東宝特撮映画『フランケンシュタインの怪獣　サンダ対ガイラ』が意外だった。

当然、僕も大好きな一本だったが、それは怪獣ものの中でも取り分け、非モテ系とされていたから。

〝山からサンダ！　海からガイラ！〟

公開当時、広告やポスターにはそんなコピーが書かれていた。それまでのゴジラやモスラといった人気怪獣と違い、のっけからマイナー臭がプンプン漂っていたのだ。

でも〝そこがいいんじゃない！〟。

僕は、斎藤さんの映画に対する懐の深さを垣間見た気がした。対談終了後、カメラマンから「二人並んで立って下さい」と指示を受けた。

僕がルパン三世よろしく〝そりゃないぜぇ〜〟と、思ったのはその身長差ゆえである。仕方なく指示に従ったが、もし僕がまだ10代だったら落ち込んで翌日、学校を休んだかも。

さらに「向い合って喋ってるカンジも」と、言われ照れ臭いが斜め45度くらいの角度で斎藤さんの顔を見上げた。

その時、ふと〝誰かに似てるが、誰だっけ？〟それにこの写真の構図も〝どこかで見た気がするが、何？〟と、思った。

結局、分らず仕舞で時が流れた——

賢明なる読者ならもう、お分りだろう。先日『シン・ウルトラマン』を観に行ったのである。

昨年、NHKのトーク番組で久しぶりに樋口真嗣監督とお会いした時、その絵コンテを少し見せて貰ったので登場する数体の怪獣は知っていたが、〝キュウ（旧）〟に対するリスペクトはハンパなく、完成作はのっけから大好きな怪獣たちがわんさと登場、うれしかるかる（by笑福亭仁鶴さん）の連発であった——

しかし、僕はその時点まで〝シン〟に於いての禍特対、要するに〝キュウ〟の科特隊のメンバーには全く、気が回っていなかったのである。

〝バカだなァー〟

斎藤さんの顔は限りなくシンメトリーでミステリアス。少し口角が上っているのは、ウルトラマンのデザインの元となったであろう弥勒菩薩のアルカイックスマイルだ！

それに、背の高さ。〝キュウ〟ウルトラマンのスーツアクター古谷敏（びん）さんが当時、日本人では珍しい180センチの長身であったこと。

うーん、選ばれた理由に大納得である。

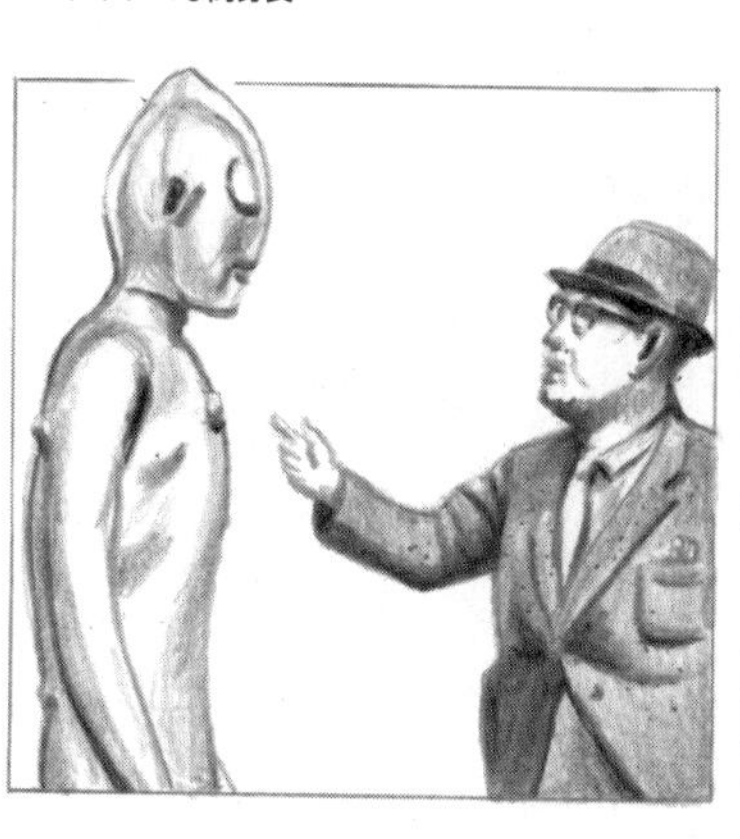

そうそう、あの時、どこかで見た構図だと思ったのは、ファンの間ではかなり有名な写真だ。

撮影の合間、ウルトラマンに演技指導してる風な、特技監督・円谷（つぶらや）英二さんとのツーショットではなかったか⁉　ま、それは単なる背の対比のことだけなんだけどねー。

〝シン〟の成功は日本の伝統芸能と成りうる可能性がある。

そう思う僕は是非、今後『シン・マタンゴ』もお願いしたいのだが。

私のモンチッチ

人生の3分の2はいやらしいことを考えてきた。

総武線・新小岩駅の北口前には結構新しめなモンチッチの銅像が立っていた。

かつて、この地に人形メーカー・セキグチの工場があったからだ。

モンチッチは'74年に発売され人気商品となった。

僕は当時、高校生。その存在は知っていたが、買ったことはない。

それでも銅像を発見した瞬間、心がときめいたのはもう、30年近く前になるある出来事のせいだ。

世はバブル期。僕はその恩恵を受ける立場になかったが、広告制作会社に勤めるやたら羽振りがいい友人のお零れ(こぼ)を何度か頂いたことがある。

奴から電話で呼び出され、向った先は「行きつけ」だという高級クラブ。

店先で少し、躊躇(ためら)っていると「大丈夫、接待費で落せるから」と、奴は笑顔で言った。

それでも店内に入ると、広いフロアの真ん中にグランドピアノがあるような所で、僕はいつものジーパンとTシャツ姿でやって来たことを後悔した。

「〇〇さぁーん、お待ちしておりましたァー」

と、奥からホステスたちの黄色い声。奴は大層ご満悦の様子で、予約を入れていたらしい〝VIP ROOM〟に進み、僕は所在なげにその後に続いた。

席には二人のホステスが着き、僕の風貌が気になるらしく、やたら質問をしてきた。要するに高級クラブでは珍獣扱い。でも、それも悪かない。いじって貰ってナンボのフリーランスだ。日頃、飲みつけないウイスキーを立て続けに勧められ、かなり酔いが回ってきた。

そんな時にもう一人、ホステスが入って来た。

「このコ、新入りなの。みうらさんのお隣に座らせて貰えばぁー」

と、先輩ホステスは言うが、先ほどから奴と耳打ちで何やら怪しい相談をしてる。そのため彼女を押し付けたのだなと思っていたら「このコね、いつもバッグにサルの人形をぶら下げてるヘンなコなの。みうらさんと話が合うんじゃないかしら」だって。

それまで棒立ちだった彼女も、僕の横に座ると珍獣同士で和んだのか自ら話を振ってきた。

「私、お誕生日が同じなんですよ」

「って、一体誰と⁉」

「モンチッチに決ってるじゃないですかぁー」

「って、そうか、だからサルの人形なのかぁ」

「いや、モンチッチのモンはモンキーもありますが、そもそもフランス語で〝私の〟っていう意味なんですよ。それにプチ、小さく可愛いって意味を合わせたものなんです。私ね、幼稚園の時、モンチッチと知り合って以来、ずーっといっしょなんです。だから、上京してすぐに新小岩のセキグチ・ドールハウスに行ったんですよ」

　酔ってる上に情報過多で理解出来なかったこともあるが、彼女のモンチッチ愛はビンビン伝わった。

　店を出る間際「新小岩からバスに乗られるのがいいですよ」と、言った彼女。接客業には向いてないと思ったけど、あれからどうしたんだろうか——

　バスを降り、しばらく住宅街を歩いた。どうやら数年前にそのドールハウスは取り壊されたらしい。僕は生れ変った『モンチッチ公園』でしばし佇んだ。顔ももう覚えてないけど、彼女がひょっとして訪ねて来る気がして。

工場長への執筆依頼

人生の3分の2はいやらしいことを考えてきた。

金玉工場の工場長、通称〝おやっさん〟の元に「自叙伝を書いてみませんか？」という話が舞い込んだ。近い将来引退を考えてたおやっさんはまんざらでもない様子で、ある日、工場にその編集者を招いた。

張りを失くし、ダラーンと垂れ下った工場の外観（すなわち陰嚢）は廃墟に見えた。

しかし恒例の朝礼では、

「いつ何時、大筒が持ち上るか分らん。備えよ！」

と、工員たちに檄を飛ばすのは変わらない。ちなみに〝大筒〟とは業界用語で、陰茎の意。脳がエロに纏（まつ）わるビジュアルやその情報を得た瞬間、持ち上るシステムになっているのだ。

工場は精通を迎えた昔から、精子の出荷に大忙しだったが、数年前からとんとご無沙汰となった。

それでも、おやっさんが「備えよ！」と言うのは、尿意を伴った持ち上り、すなわち朝勃ちにせめてもの期待を寄せているからだ。とは言え、それも昔のように頻繁に起る現象ではない。最近では、とろみを多めにして少ない精子を誤魔化してはいるが、いつ起るか分らない朝勃ちのために備えるのは、

「そりゃおやっさんのこと尊敬してますけど、その考えはもう、古いと思いますね」

「エコじゃないと思います」

などと、前もって聞き込みをした工員たちに言われていたので、内情は大体、分った。

「工場の壁に〝ネバー・ギブアップ！〟と貼り出してありますが」

「あぁ、アレ、おやっさんの字ですよ(笑)。好きな格言らしいです」

「ほーう、格言ねぇー」

「大筒は管轄外ですがね、射精のGOサインはおやっさんが出しますから。ギリまで粘るわけです」

「じゃ、早漏・遅漏というのは？」

「それ、おやっさんの計算ミスです。悔しがってましたよ毎回。でも、ここんところ射精不況でしょ、それもなつかしい思い出ですわ」

編集者はその時、上司から言われた「小説や対談本の類いは売れねぇーんだよ。ましてや、知名度の全くない奴の自叙伝なんて一体、誰が買うっつーの！」を、思い出していた。

「でも、金玉工場長のですよ。面白いに決ってますって」と、反論したら、「今、面白い

のはダメ。ためになるとかじゃないと。そこんとこよく考えろ」と、きた。ヘタな本出して、首を切られるかも知れん……この期に及んでそんな不安が編集者の頭をよぎった。

工場長の部屋のドアをノックすると、中から「どうぞ……」というか細い声が聞えてきた。

「あぁ、あんたが自叙伝を勧めてくれた方かね」

想像していた以上に工場長は老けていた。きっと無理がたたったのだろう。

「で、な、早速だが自叙伝はお断りさせて貰うよ」

「え⁉」

突然のことに驚いた。

「あんたはまだ、若い。早漏だ。ここはネバー・ギブアップ！　粘ってもっと喜ばれるものを考えなさい」

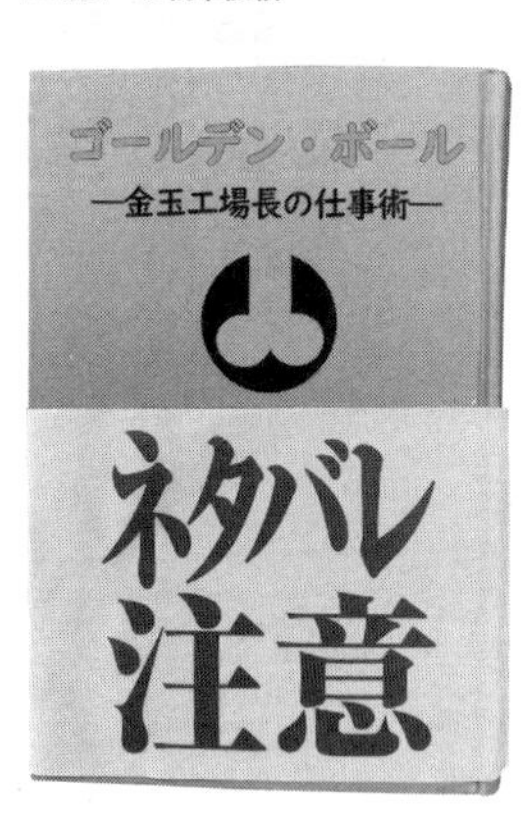

その時、工員たちが慕う理由が分った気がした。この工場長の自叙伝ならきっと読者のためになる。そう考えをあらためて、執筆を強く勧めたのだった。
後にビジネス書っぽい体裁で本は出たが、目論見に反し、全く売れなかったという。

あじさいと彼女

人生の3分の2はいやらしいことを考えてきた。

あじさいが満開ですね。

思わず立ち止って写真を撮っちゃうんですよ、僕。

今はスマホって便利なものがありますが、昔は重い一眼レフカメラを肩に歩いたもんです。

どんよりした天気の日が多いから、なかなか思うようには撮れないんですけど、あじさいの放つ何と言うかアンニュイ感みたいなものが写真に出ていればいいんじゃないかと思うわけで。

だから、あじさいにカメラを向ける時は、寄るより引き絵にしてました。

街の一角で見つけたものもいいんですが、さらに言うと森の中で木洩れ陽を浴びたあじさいなんて最高じゃないですか。

都会ではなかなかそんなロケーション見つからないですが、大きな公園、例えば代々木公園なんかで捜せばそれに近い現場はあります。

花の色はその土壌によって変るらしいですね。酸性だと青。アルカリ性だとピンクになるって聞きますが、ま、そんなウンチクはさておき、ある日、あじさいをバックにした彼女の写真が撮ってみたくなったわけです。僕は――

「なぁ、ちょっと散歩にでも行かないか？」

梅雨時、気怠さハンパなく目を醒した休日の午後に、僕がそんなことを提案したもので、彼女は面倒臭そうに「今から？」と、言った。

彼女には悪いが、このタイミングを逃すといつ行けるか分らないし、梅雨が明けてしまう恐れがあった。

「行こうよ、たまには」

「って、外、雨、降ってんですけどォー」

それでも優しい彼女は重い腰を上げ、つき合ってくれることになった。

ロケハンは既にしてあった。というか、以前にその森っぽい大きな公園であじさいを見つけた時、何故、そのシチュエーションの写真が撮りたいか？　その理由がハッキリ分ったのだ。

それは'80年に創刊された写真雑誌『写楽』の表紙。

その年の9月号に載った沢渡朔さん撮影によるあじさいの前に立つ少女の写真を見てグッときたからに他ならない。モデルはうら若き手塚さとみさんだ。その号は手元にあった。

よって、僕があじさい好きになったのも、この表紙の影響だったのだ。

「ねぇ、ちょっとそこに立ってみてよ」

散歩の途中でたまたま寄った体を装い、僕はそのロケ地で彼女に指示を出した。

小雨が降っているのに構わず「ない方がいいね」と言って、彼女の持つ傘を預ったのもあの写真に少しでも近づけたかったからだ。

そして、引きでシャッターを切った。

「何の写真？」

彼女は聞いてきたが、うまく説明がつかないし、彼女が手塚さとみさんの代役だってことに気付き機嫌を損ねるかも知れない。

僕は笑ってその場を誤魔化した。

後日、出来上った写真と『写楽』の表紙を照らし合せてみたが……まあ、これはこれでいいんじゃないかと、自画自賛するしかなかった。

トムとマミー

人生の3分の2はいやらしいことを考えてきた。

「トム、次回作のことで相談があるんだけどいいかな？」

「はい、何か？」

話し始めようとしたら、ケータイの着信音が鳴った。

「すいません、ちょっと」と、言ってその場を離れるトム。

〝オカンからかよ……〟

「もしもし、何？　今、仕事中なんだけど」

「あんた、最近また、命知らずなことに挑んだっていうやないか。先だって、スーパーに買いもん行った時、バッタリ、ボブ君のお母さんに会うてなー」

「って、オカン、何の話やねん？　今、仕事中やて言うたやろ」

「詳しいことはよう分らんけど、あんた、今度は戦闘機に乗って飛び回っとったらしいやないか」

「ああ、『トップガン　マーヴェリック』のことだろ。それ、映画の中の話だから」

「それぐらいは私にも分るけど、あんたのことや、あれ、ホンマにやっとったんやろ？」

「ホンマというか俺、本気が売りだからさ。それに今回のは前作から36年も経ってる。やっぱ年には勝てないねなんて観客に言われちゃ悔しいじゃない」

「ボブ君はな、もうすぐ定年なんやて、お母さん言うてはったわ」

「って、オカン、さっきから言うてるボブ君って一体、誰やねんな？」

「誰やねんなって、あんた、小学校の時の同級生やないの……ほら、うちの家の斜向いに住んではった」

「ごめん、オカン、今、仕事中やねん。後でこっちから、かけ直すから」

「詳しいことはよう分らんけど、今は無人の戦闘機があるっちゅうやないの。何もあんたがそんなもんに乗って危険な目に遭わんでもええのと違う？」

「いや、オカン、だからこそそのパイロットチームなんやて！　俺らからしても絶対不可能な任務やったんやから」

「何かと言うたら、あんた、インポッシブルばっかりやんか」

「そのシリーズとは違うし」

「まぁ、よう分らんけど、ボブ君はもう定年なんやて。あんた、ボブ君と同級生やったこと忘れてんのと違うか？」

「だからぁー、そのボブ君って誰やねんな？」

「あんた、今いくつやったっけ？」

「59歳やけど」

「そやろ、還暦前やないかいな。もう無茶したらアカンって。それにまだ、あの大きなバイク乗ってんのやて？　しかも、あんた、いつもノーヘルやんか」

「それも映画の中だけやって。顔が見えへんとスタントマン使こてると思われてまうがな」

「いや、私が言いたいのはな、もう何でもかんでもあんたがやらんでええのと違うかってことや。まぁ、ええわ、あんた昔から言い出したら聞かへん子やったさかいになぁ｜。そこは私にそっくりや。せいぜい身体に気をつけて仕事頑張りなさい。またね」
と、オカンは、矢継早に言って電話を切った。
実は新作映画を観て掛けてきたんだなとトムは察したが、ボブ君のことは皆目見当がつかなかった。

ハードロックと胸毛

人生の3分の2はいやらしいことを考えてきた。

〝法隆寺がクラファン〟

なんて話を耳にした。

寺は昔から僕の憧れの場所だけど、クラファンって何？　よくよく聞いてみると、クラウドファンディングを約めてんだって。

そもそもその正式名称すらスラッと出てこないし、つい高校時代に知ったハードロック・バンド〝グランド・ファンク・レイルロード〟の方をイメージしてしまう。

そちらの通称はグランドファンクだが、そのクラファンに倣うと〝グラファン〟になる。

当時、『ハートブレイカー』『ロコモーション』『アメリカン・バンド』など、ヒット曲を連発。よく深夜ラジオで流れていて好きになったものだ。

従来のロックをさらに激しくした新ジャンルということなのか、冠に〝ハード〟や〝ヘビィ〟が付き始めた時代の代表的バンドなのだが、僕は彼らのレコードを一枚も持っていない。

それにはこんな理由があったのだ——

ロックにやたら詳しかったクラスメイト、Tの家で、LP『アメリカン・バンド』を買った際、レコード屋で貰ったというポスターを見たせいだ。それは横長の特大ポスターで、メンバー三人は藁小屋のような所で小さなアメリカ国旗を何本も立て裸で座ってた。ギターのマーク・ファーナーは基本、ステージで上半身裸だってことは雑誌『ミュージック・ライフ』に載ってる写真で知っていたけど、何も全員揃って裸ってどうよ？ ドラムのドン・ブリューワーの胸毛なんて毛蟹が1匹張り付いてるカンジで。

「どうなん？ こんないかつい裸男たちと寝起きに目が合うたらコワイやろ？」と、僕が聞くとTは、「それがハードロックちゅうもんやんけー！」と、得意気に言った。

ちなみにそのポスターはTの部屋のベッド脇の壁に貼られていたのだ。

僕はそれを見て以降、身の丈に合った文系、美系のニオイがするフォークロックやプログレの方に進むようになるのだけれど、あろうことかその数年後、初めて訪問した彼女のアパートで再会！

「あ、それ、いいでしょ？ 実家から持って来たの」

と、僕がその特大ポスター（しかもTと貼り場所も同じ。ベッド脇）に釘付けになっているのを見て彼女は言った。

彼女が以前からロック好きなことは知っていたし、それで仲良くなれたとも言える。でも、よりによってコレを貼っているとは……。

「ドンちゃんって、カワイイよねぇー」

〝ドンちゃん？〟って、この胸毛蟹のことかよ。

僕はその時、好きなものは大体合っているが、肝心なところが大きく違ってる気がした。

「かけようか？」

そう言って彼女は例のLPレコードを手にポータブルステレオに向かった。


〝We're an American band ♪〟

しばらくして、買ってきた酒もあり二人はいい感じになった。「泊っていっていい？」僕のセリフをきっかけにベッドに崩れ込んだのはいいけれど、問題はその特大ポスターである。脇見をしようもんなら間近に迫った裸男たちと目が合ってしまう。

そんな厳しい状況下で彼女との初行為。「それがハードロックちゅうもんやんけー！」僕はTのセリフ通り脇目も振らず、努めてハードに腰を振った。


『アメリカン・バンド』作詞・作曲：ドン・ブリューワー

拝啓　吉田拓郎様

人生の3分の2はいやらしいことを考えてきた。

「次の挑戦者は京都市北区から来てくれた高校2年生、三浦純君。歌うはオリジナル曲で『親友』。それではどうぞ！」

司会者に紹介され僕は持参した譜面立てをステージに置き、作詞ノートをめくる。そして、首から下げたハーモニカホルダーを口元に寄せ、「それでは聞いて下さい」と、ギターを掻き鳴らす。

「涙なんかいらんと言ったじゃろ[注①]　こんな別れに　時は永遠(とわ)の旅人って　誰かも言ったっけ　君とは本当の意味での　あぁ、親友[注②]だったのかもね　おいら[注③]の心は風に冷え　とどまる所も知らないよ♫」

〝プヒィ〜プヒィ〜♫〟（ハーモニカ演奏）

「女の子に分るじゃろうか　こんな別れが　時は川の流れの如くって[注④]　誰かもつぶやいた　君とは本当の意味での　あぁ、親友だったのかもね　どれだけの別れのために　どれだけの旅を知るのかい♫」

〝プヒィ〜プヒィ〜♫〟

演奏の途中だけど、歌詞に傍線が入った箇所の註釈をしようと思う。

注①京都で生れ育った僕は関西弁だったが、何故か、ここは広島弁が使われている。もう既に賢明な読者はお分りであろう。

吉田拓郎さんに憧れていたのである。

中3の時、ギターを買って貰ったのも、高校卒業するまでに400曲近いオリジナル曲を作ってしまったのも全て、〝よしだたくろう〟がみうらじゅんに与えた大いなる影響だ。

当時、平がな名だった拓郎さんを僕は未だしつこく引き継いでるわけで。

注②だから、この曲のタイトルは拓郎さんの『ともだち』からきてるし、〝あぁ、親友〟とシャウトするところは、『あゝ青春』とみて間違いないだろう。

注③これは『たどり着いたらいつも雨降り』の一節〝おいらは何のためにー〟の、おいら。

注④〝川の流れの如く〟は、モロ拓郎さんの曲のタイトルである。

〝それでは『親友』の続きをお聞き下さい！　どうぞ〟

「過去なんかどうでもええじゃろ　こんな別れも　どんな形であれ悲しみは　誰にだってあるものさ　君とはもう手を振る事が　あぁ今には一番大切だよ　どれだけの道を歩めば注⑤やすらかに眠れるだろう♫」

〝プヒィ〜プヒィ〜♫〟

注⑤ これは拓郎さんの影響で知ったボブ・ディランの『風に吹かれて』からの引用である。

当然、僕同様拓郎ファンであるならオリジナル曲と言い張るその『親友』にもっとパクリを見つけることだろうが、それを当時、地元ラジオのフォーク勝ち抜き合戦的番組で堂々、歌おうとしていた僕ってどうよ?

初めて人前で演奏するのでその時、予行練習も行った。でも、ストリートで歌うほどの勇気はなし。取り敢えずハーモニカホルダーだけを首から下げ家の近所をブラついてみたが、タイミング悪く知り合いのおばさんと遭遇。

「純ちゃん、何なん？ それ」と、聞かれたもんで、咄嗟に「ネックレス……」と答えてしまった僕は結局、ラジオに出ることを諦めた。今、思うとそんな、青春ノイローゼを与えて下さった拓郎さんに感謝しかない。

潜入！　疼く記者会見

人生の3分の2はいやらしいことを考えてきた。

記者会見は今や、政治家や企業の謝罪会見のイメージが強いけど、あれはいつ頃だったっけか、僕が漫画家としてデビューした年と同じだから'80年。思い出すだけでも股間がズキズキ疼いてしまう記者会見があった。

僕はその記事をエロ本の映画紹介ページで見たんだ。

作品名は『団鬼六（だんおにろく）　白衣縄地獄』。何もそれは平安時代の僧侶・源信が著した〝往生要集〟に登場する地獄ではない。分かりますよね？　いわゆるSM映画。

前年、日活ロマンポルノ界で〝SMの女王〟と呼ばれた谷ナオミさんの惜しまれる引退があり、本作は心機一転、これが初主演となる麻吹（まぶき）淳子さん（MJ）が抜擢された。だから、この記者会見は二代目SMの女王襲名披露も兼ねていたのだ。

冠に付く〝団鬼六〟はSM文豪で、かつ、この映画の原作者。Official髭男dism（ヒゲダン）よりずっと昔から、オニダンで通ってる（嘘だけど）。

そんな団さんは「谷ナオミがマリリン・モンローなら、麻吹淳子はイングリッド・バーグマン」との名言を残しているが、今の人には〝わかるかなぁ、わかんねぇだろうなぁ〟（by松鶴家千とせ）。

その問題の記者会見であるが、何せ僕はエロ本で見ただけ。

よって当時の様子を伝える記事を紹介することにする。

〝マスコミへのお披露目記者会見では、原作者・団鬼六氏の出席のもと、集まったマスコミ陣の前にトップレス、黒パンティ一枚の姿で登場し、前代未聞の緊縛ショーのパフォーマンスが行われ話題を呼んだ。映画の中で鞭、ローソク、縛りなどといったハードな責めをこなし――〟

などと、疼くことが書かれていた。

麻吹さんは当時、B89・W63・H90センチのグラマラスな肢体。そんな記者会見なら是非、参加してみたいなと思った次第。

それから12年後、僕はイタリアのポルノ女優、モアナ・ポッツィさんの来日記者会見が東京・六本木のとあるバーで行われるとの情報を得、当然、行ってみたくなった。

偶然だけど僕は、その数カ月前、初めてイタリアに渡航していた。現地でモアナさんはかなり有名な方らしく、写真集やレコードまで出しておられたので、旅の土産に買って帰った。

それを持って記者会見に潜入、何ならサインまで頂きたい。僕は居ても立ってもおられ

出してサインを頂きに近づいた（この写真がそれである）。

ず、当日、アポなしで、会場に乗り込んだ。受付では「取材です」などと、こども新聞の記者みたいなことを言って入れて貰った。

そして、バー・カウンターの上、白パンティ一枚の姿で立つ長身（178センチ）のモアナさんを見てビックリ仰天。

須弥壇（しゅみだん）の上の仏像を拝むようにして僕はずっと見上げてた。

配布された業界プレス用の資料を見ると、彼女の新作映画『パパまた脱いじゃった』の記者会見らしい。

マスコミの撮影が終ると、カウンターを降りられたが、再度、ドレスに着替え登場された時、僕は勇気を

クレームの焦点

人生の3分の2はいやらしいことを考えてきた。

〝これは半世紀以上も前の話である。よって団体名や状況は当時のままとした〟

アニメ『巨人の星』のテーマ曲が流れる――

「わしは今でも納得いかんばことがあるですたい！」と、大洋ホエールズの強打者・左門豊作選手がスポーツ新聞記者団を前に声を荒らげた。

「と、言いますと左門君、未だ星投手の大リーグボールに納得がいかないとでも？」

「確かにわしはおっしゃる通り、歯が立たんかった。全て、花形君に見せ場は持っていかれましたけん。でも、今回はそげなことじゃなかと！」

「ほーう、だとすると野球以外のことで？」「アニメのことですたい」

「アニメって⁉　左門君は野球中継しか見ないと思ってたけど意外だなァー」

「馬鹿にせんとつかぁーさい！　弟や妹もわしが出とる回は楽しみばしとったけん」

「すまない左門君。で、巨人の星のアニメ版に何か問題でもあったと言うのかい？」

「みなさんは気付かなかったとですか？　最終話のことですたい！」

「原作漫画では確か、星君が背中に十字架の影を映し去っていくといった切ない結末でしたね」「よく御存知で。でも、アニメの方は……」

「マウンドで倒れた星君を中日のコーチだった父親の一徹さんがおんぶして球場を去っていく。ま、違いはあれ、感動的でしたけどね」「そ、そげなところじゃなかとですたいっ!!」

一体、左門はどんなシーンに不満を抱いたのか?（一旦、CM）

「そこじゃなかと……」

〝苦悩に満ちた左門の顔のアップ〟

「その十字架の影とは何でしたかのう？」

「そりゃあれだよ、教会の屋根の上に立つ……ハッ!?」

「ようやくお分りになったようですな。それはわしと京子さんの結婚式が行われていた教会のものですたい」

「スケバンお京！　左門君が初めて恋の病を患った彼女……そして、星君に大リーグボール3号のヒントを与えたことでも有名な」

「そげな話はどうでもよかと。わしは貧しい生活で幸福というもんを知らんできたばってん。京子さんは言わば女神のような存在。漫画の方ではラスト、目出たく結ばれたというのに……。星君から手紙が送られてくるのは漫画と同じだが、アニメではその内容の一部に変更があったとばい!!」

「一部？　そうだった、漫画では左門君、京子さんを幸福にしてやってくれと書かれてましたね？」

「そこですたい。それがアニメでは星君の姉・明子さんと中日の伴捕手の結び役になってくれと頼まれる文面に……。星君、わしにそげなこと関係なかとばいっ!!」

「さ、左門君が怒るのも無理はない。でもね、制作上の事情で原作と違えることはよくあることなんだよ。そこは分ってあげてよ」

「そうですか。もうよかと。わだかまりはこれでさっぱりしたとです」

「それでこそ左門君だ」

「ところで記者のみなさんは、わしが誰かに似ちょるとは思わんですか？」

「似ちょる？」

「境遇といい、容姿といい……ようやく気付いたばってん。わしのモデルはデビュー当時の松本清張先生に違いなかと！」

「確かに……」

エンディングテーマ曲が流れる――

セクシーな後脚

人生の3分の2はいやらしいことを考えてきた。

いつぞや明治大学の学祭に「銀杏BOYZ」の峯田和伸君と呼んで頂いた際、こっそり「サンボマスター」の山口隆君も誘って三人で登壇したことがあった。

リハなしで終盤、ギターを弾いて数曲セッションしたのだが、ここで問題なのはその一度限りのユニット名だ。付けた僕は当然、覚えているが、その場にいた観客はすっかり忘れてしまっていると思う。

正解は「便所コオロギ」。長きに渡り、この虫がマイブームだったんだ。

しかし、これは俗称。バッタ目・カマドウマ科に分類される昆虫の一種だ。小学校低学年の頃は、そんな俗称も知らずどこかで捕えてきては虫籠に入れ飼っていたこともある。

特徴はバッタよりもしなやかなその長い後脚。翅（はね）は持っていないが、かなりの跳躍力。僕はそのプクッと膨れた太モモに何だかグッときてたのである。

学校で林間学習という行事があり、僕は団体行動が大の苦手だったが参加を余儀なくされた。

「キャンプ地では飯盒炊飯とBBQをやる予定」と先生が言ったもんで、教室内は大はしゃぎとなった。当日の朝、僕は現地が大雨になることを願ったが、その真逆、晴れ渡った空の下、団体バスは目的地に到着した。そこでしばらく散策した後、キャンプ地へ向ったのだが、

「アホ！　肉は俺が焼く言うてるやろ！　誰も手を出すな！」

と、嫌な予想だけは的中。お祭り騒ぎにクラスのヤンキーたちは活気付き、すっかりその場を仕切り始めた。

「おい！　お前、水、汲んでこんかい！」

そう命令されれば、ひ弱な文系男子は従うしかない。僕はバケツを手に水道のある仮設トイレの近くに行った。

〝出来ることならこのまま家に帰りたい……〟

そんなことを思っていると、ふとトイレ脇の湿った土の上、少し大き目の石に目が止った。その瞬間、昆虫好きの勘が蘇り、〝もしや、いるのでは？〟と、その石を持ち上げてみた。すると、いるどころの騒ぎじゃない。気持ち悪いくらい、その下に便所コオロギはうじゃうじゃいた。

「何よ、失礼しちゃうわ。気持ち悪いって！」

以後は、僕の幻聴。いや、妄想である。

「あなた、昔、私の後脚ばっか見てたでしょ？」

「いや、見てないって……」

「そん時、何だかいやらしい気持ちになったんじゃないの？」

そう思うと、グッときた理由がよく分った。

水汲みから戻ると、

「遅いやないか、何しとったんやお前？」

と、先生に聞かれたが、便所コオロギを見ていたなんて言えなかった。

僕のそんな便所コオロギ・ブーム。ユニット名ちなみにその頃、よく描いてたイラストがコレ。

にまでしてステージに上ったのだった。

網タイツ付きだったんだけどね。

とんまにして最強！

人生の3分の2はいやらしいことを考えてきた。

〝フェス〟と、聞いて先ず、思い浮べるのは'69年、アメリカ合衆国ニューヨーク州サリバン郡ベセルで開かれた大規模な野外コンサート「ウッドストック・フェスティバル」であろう。

何と3日間で約40万人の観客を集めたという。

後にこのコンサートの模様は『ウッドストック／愛と平和と音楽の3日間』というドキュメンタリー映画として公開された。

それまで写真でしか見たことなかった海外のミュージシャンの動き回る姿を観て〝ホンマにおったんや〟と、その事実だけでも十分感動した人も多かったと思う。僕もその内の一人だが、度々映し出される観客の様子もとても気になった。'60年代のヒューマン・ビーインと呼ばれる人間性回復のための集会でもあったらしく、ヒッピー・スタイルの入場者がたくさんいたからだ。

半裸の男が半裸の女を肩車したり、ほぼ全裸で水遊びに興じてるカップルもいた。

中学生だった僕には彼らこそがフリーセックス主義者に見えた。どうやらウッドストックの会場で2件の出産まであったそうじゃないか。やっぱりな……。

それから随分、時が流れ、僕は40代になっていた。

その頃、マイブームだった〝とんまつり〟（奇祭の中でも取り分け頓馬度の高いもの）。その会場で、ふとウッドストック・フェスのことを思い出した。

規模こそ違えど、その神社の境内では、人間性回復のための儀式が取り行われていたのだ。

以下は、そのとんまつりフェスのルポである。

ここは奈良県高市郡明日香村・飛鳥坐神社（あすかにいます）。毎年、2月の第1日曜日午後2時より催される「おんだ祭」の会場。

午前中から祭事は行われていたのだが、いよいよ本番とあって、多くの参拝者が特設ステージに詰め掛けているのだ。

そこに登場したのが天狗とお多福のカップル！　大きな拍手で迎え入れられた。

天狗が先ず、男根に見立てた竹筒を股間に当て、それをブンブン振り回し始めた。このプレイはウッドストック・フェスに出演してたバンド〝ザ・フー〟のギタリスト、ピート・タウンゼントが得意とする腕回しに酷似している。

その後、差し出された茶碗（山盛りのご飯）に、天狗はその竹筒から汁をかける所作をするのだが、これもウッドストック・フェスでのジミ・ヘンドリックスが弾いてたギターをステージに置き、燃やすために油をかけてる所作に似ている。

そして、とうとうお多福を床に寝かすと、その上に覆いかぶさった！　その時、会場から、

「お母ちゃん、あれ、何したはるん？」

と、幼な子の声が聞え、会場は笑いの渦となった。

最後にカップルは、紙を股間に当て拭いた。これすなわち〝福の紙〟なり。それを観客に投げてくるのだからこれは、ウッドストックどころの騒ぎではない。

ノーセキュリティな夜に

人生の3分の2はいやらしいことを考えてきた。

東海道新幹線に乗るとよく車内販売で買うものがある。

それはスジャータのバニラアイスだ（余談だがスジャータとは、苦行中のお釈迦様に乳粥を施した村娘の名前）。そのアイスは初めカッチンコッチンで、同時に渡される小さなプラスチックの匙(さじ)ではとても歯が立たない。無理をすると折れてしまうこともあるので、ここはしばらく手の中でカップを温め、少し柔らかくなってから食すのが賢明だ。

この教えは、アイスのみならず何事に於いても楽しみは焦ってやるとロクなことがないというものと考える。

そして、御褒美というものは時間をかけ相手を温めた者だけに与えられるものである。

さて、本題は僕が昔、住んでたアパートでの出来事。部屋の鍵が壊れ、修理するのも面倒だからそのままにしてたんだ。

別に取られて困るようなものはなかったし、たまたま僕がいない時に彼女が遊びに来ても、勝手に出入り出来る利点もあった。

そんなノーセキュリティな時代、僕に初めてメジャー漫画誌からお呼びがかかったのだ。それまで何度か持ち込みをして、その時、とても親身になってくれた編集者の山崎さんからの依頼だった。

「4ページ、空きが出来たから明日までに描けないかなぁ?」

僕は「やります!」と即答した。「評判が良ければ連載も有りかも」とまで言われ益々、やる気になって彼女に報告の電話までしたのだが、ちっともアイデアが浮んでこない。そんな時、彼女がアパートに突然、現われたのだ。

僕は御褒美が欲しくなっていつものように抱き付いたが「ダメよ」と、彼女が制した。

「何んでやねん?」

「漫画描かなきゃいけないんでしょ? 電話で明日までだって言ったじゃない。だから今日はその陣中見舞い。これ置いて帰るから」

と、彼女は駅前で買ったというケーキの箱を差し出した。しかし、ひとたび火の付いた若き性煩悩は収まるはずがない。

「ちょっとだけだから」

「本当にちょっとだけだからね」

そこは彼女も望むところとあって急いで服を脱ぎ捨てた。

万年床にベッドイン。その真っ最中だった。〝ドンドン!〟とドアを叩く音がして、ド

アの向うから「山崎ですけど」という声。僕は慌てて「は、はい！」と返した。何せ鍵が壊れてる。今、開けられちゃ大変だ。「ちょっと待って下さーい」と、言って少し時間を稼いだものの服を着るくらいの手立てしかない。取り敢えず証拠は隠滅。布団を丸め部屋の隅に追いやった。

「あ、このコは漫画を手伝いに来てくれた……」

「初めまして……」

「いやぁ、それなら良かった。〆切りに間に合うか心配でちょっと車で寄っただけだから」

と、山崎さんは言って、彼女が持ってきたのと同じケーキの箱を差し出した。

それで山崎さんは帰ったが、御褒美の後先が逆になってしまい僕は反省した。漫画はそれから描き出し〆切りに間に合ったが、山崎さんの言ってた連載の話はその後、なかった。

テストに出ますよ！

人生の3分の2はいやらしいことを考えてきた。

さて、本日は日本人には馴染みにくい〝冠詞〟について講義しようと思っています。でも、これは英語を学習する上でとても重要な文法事項のひとつです。なぜなら冠詞は、名詞と切っても切れない関係にあるからです。その名詞は大きく二つの種類に分けることが出来ます。ここからはノートに取って下さい。

ひとつは数えられる名詞で【可算名詞】といい、もうひとつは数えられない名詞【不可算名詞】です。例えば〝pencil（鉛筆）〟や〝book（本）〟などが可算名詞で、それに対し〝gold（金）〟や、容器に入れないと数えにくいもの〝water（水）〟は不可算名詞と呼びます。

さぁ、ここからが本題の〝冠詞〟ですが、これにも大きく分けて二つあります。御存知でしょうか？　〝a／an〟の不定冠詞と、〝the〟の定冠詞ですね。ちなみに不定冠詞の〝a〟は子音に付き、〝an〟は母音に付きます。だから〝apple〟はどちらでしょう？　前の席のあなた、そう、メガネのあなたです。答えて下さい。

「アン・アップル……」

ですね。正しい発音ではありませんが良しとしましょう。着席して下さい。

じゃ、定冠詞〝ｔｈｅ〟の方はどうでしょう？　これは、話し手と聞き手の間で前もって共通認識があることを意味します。分りにくいですね？　じゃ、この例文を見て下さい（と、言ってホワイトボードに書き示す）。

〝Ｄｏｎ'ｔ　ｔｏｕｃｈ　ザ・おしり〟

この場合、たくさんおしりはあっても、どのおしりが指定されているのか、両者は分っていることになります。

少し教室が騒（ざわ）つきましたが、定冠詞〝ｔｈｅ〟はこのような場合に使われるのです。よく覚えておいて下さい。テストに出ますよ！

「先生、ちょっと質問いいですか？」

もちろんです。

「定冠詞は何となく分ったのですが、おしりにザを付ける意味がどーも」

ですよね。じゃ、この看板をちょっと見て下さい（左ページの写真を提示する）。

随分、昔のことですが、私が大阪に行った際、見つけて撮影した看板です。ほら、ここには定冠詞が付いていますでしょ？

この事例は１００円ショップ「ザ・ダイソー」でもよく見受けられるものですが、流石におしりはありませんね。

だから私は最初、この「ザ・おしり」を見た時はふざけたバンド名だと思ったものです。

「先生、流石にそれは嘘でしょ？　だって、看板に３９８０円ポッキリのショーパブって書いてあるじゃないですか。先生は当然、お入りになったんでしょ？」

うーん……仕方ありません、白状しましょう。入りました。あくまで後学のためですけどね。で、分ったことは〝Ｔ・バックたこ焼〟とは、Ｔバック姿の店員さんが、注文したたこ焼を運んでくるのであって、何もたこ焼にＴバックがはかせてあるんじゃないんですよ。

「先生、分ったことってそこですか？」
あ、そろそろ時間です！　次回は〝Ｔ〟について講義をする予定です。それではまた。

顔バレ注意

人生の3分の2はいやらしいことを考えてきた。

かつて、僕にとって喫茶店は編集者に原稿を渡したり、新しい仕事の打ち合せをする場だった。

「じゃ、今度は僕がそちらに出向きますよ」などと、電話口で言って、わざわざ出版社近くの喫茶店で落ち合うなんてこともあった。

「御活躍ですね。先日もテレビで見ましたよ」

一応、漫画家としてデビューしたが、今じゃすっかり何でも屋。そんな編集者の言葉に顔を赤らめる。ここは神田神保町。近くに何校も大学があって、店内は学生で賑ってた。

「もう、みうらさん、顔バレしちゃってんじゃないですか？」

「いやいや、そんな……」

べんちゃらのつもりで言ってるのだろうが、こちらとしては返答に困る。だって、まわりの学生たちは全く僕に反応することなく、談笑に花を咲かせているのだから。

ようやく注文した飲みものが運ばれてきて、仕事モードになった。

そんな時である。僕の背もたれ側から突然、「みうらじゅんってよー」と、声が聞えてきて大層驚いた。編集者はその瞬間、〝やっぱり〟と言わんばかりに僕を見て微笑んだ。すぐさま、別の男の声で、「みうらじゅんって誰？」と、続くのだが、いくら顔バレしてるといっても至近距離だ。この気遣いなしの会話はどうしたものだ？

「知んねぇーか、当然だよなぁー。まだ、新人だから」

初出の男はフォローのつもりか、そう返したが、次に僕ですら頭を抱えることを言った。

「みうらじゅんって、俺が中学時代、つき合ってたAV女優なんだよ」

〝はぁ？〟

「え⁉ お前、中学生でAV女優とつき合ってたのかよ！」

「ちげーよ、みうらじゅんもその時、中学生だっつーの！」

「何だ、タメかよ」

そりゃ何でも屋だけど、それはした覚えがない。編集者も不思議そうな顔をしている。

「まだ連絡取ってんの？」

「もう、流石にないけど、この間、中学の同窓会に出た時、知ったんだよ」

「今、AV女優になってるってこと？」「そう」

「でも、まさか本名で出てんじゃないんだろ？」「そりゃそうだよ」

「何で分ったんだよ？」

「その時、彼女の出てるＡＶ、嬉しそうに持ってきた奴がいてよォー」

「パッケージ写真見て？」

「そう。オムニバスつーの、新人四人が出てるやつなんだけど、その中のひとりが確実に彼女でよォー」

同時に僕でないことも確実になったわけだが、

「そのＡＶ、貰ったんだろ？」と聞かれ、

「やるよと言われたんだけど、やっぱ昔、つき合ってた者としては複雑な気持ちじゃん、断った」

この男のセリフに、そもそも大ボラじゃないかと疑いを持った。

結局、その日、仕事の話はほとんどしなくて店を出た。編集者と別れ、僕はその足で神田のＡＶショップを巡った。少ない情報が頼りだが、そこは蛇の道は蛇。確かにそのソフトは存在したのだ。嬉しくてつい買ってしまったが、僕だって複雑な気持ちじゃん。未だ、観ていない。

今回、そのパッケージ写真は残念なことにお見せ出来ないが、裏面に書かれたそのみうらじゅんの3サイズだけ載せた。参考までに。

エグザンふるぅ〜！

人生の3分の2はいやらしいことを考えてきた。

レッキとした高齢者認定まで、あと数カ月と迫った。このカウントダウンはどんな世界的レベルな催事のものより気になる。映画館のシルバー料金は60歳からだけど、大概の公共施設は65歳以上じゃないと「残念ですが、まだっスねぇ」とばかり、取り合って貰えない。

妖怪人間じゃないが、「①早く、高齢者に成りたぁーい！」というのが、今、僕の本音なのである。

かと言って、②それだけじゃ困ります。その恩恵を受けるに当り、それに見合う③老いるショックをどれだけ常備しているか？　そこも問われるところだと思うからである。ここでその初歩的な例として、文中の傍線を引いた三つの言葉から解説していきたい。

例え。英語では〝ｅｘａｍｐｌｅ〟。老いるショックの場合、事象や人物名の例えが古過ぎて、今の若者には全く通じない現象をいう。よって、それをここでは『エグザン古（ふる）』と、呼ぶことにする。

〝古〟の部分を強調し「ふるぅ〜！」と発音すると、より分り易くなるはずだ。

①の出元は昭和のテレビアニメ『妖怪人間ベム』のテーマ曲にあるセリフ「早く人間になりたぁーい！」をもじったもの。シレッと使っているが、それは老いるショックたる甘い考え、または油断。エグザンふるぅ〜！と、言われて然るべき事例である。

②〝それだけじゃ困ります〟に至っては、メロディまで伴う。〝ABCは知ってても それだけじゃ困ります♪〟と、歌われる英会話用教材のテレビCMからの引用。確か、カセットテープレコーダーとその英会話が録音されたカセットのセット販売だったと記憶するが、特筆すべき点はそれをほぼ無意識に使っているところ。僕の脳裏に昭和が宿便のようにこびり付いている証しである。それに今の若者は冒頭の〝ABC〟を単なるアルファベットの羅列と思うかも知れないが、昔の若者にとってそれは、恋愛の過程、体の関係を持つまでの流れを表すワードとしても捉えていた。「A（キス）」「B（ペッティング）」「C（エッチ）」と、いう具合にだ。だから、〝それだけじゃ困ります♪〟はとても意味深くなり、避妊具装着の大切さを教えているんじゃないかと言うクラスメイトもいたくらいだ。

エッチつながりでもうひとつ、「あれはアカンやろ（笑）」と、仲間内で飲んだ時、話題に上った体位。それが、かつて見たプロレス技によく似ていることに気付き発表したところ、

「それ、回転エビ固めでしょ？　オレも思ってましたよ（笑）」と、賛同を得て嬉しかったのだが、僕はも少し、その体位の〝アカンやろ〟たる所以について盛り上りたかった。

しかし、「回転エビ固めといや、藤波選手だよな」「いや、初代タイガーマスクでしょ」と、話は体位から遠ざかり僕にとってわりと新しめなプロレスラーの名が出た。仲間内といっても年齢の開きがあって、その時僕は一番歳上だったのである。

そこで「回転エビ固めといや、吉村道明だろ！」と、言い放った僕は「それ、古くないっスか？　オレら、世代的によく知らないんですけど」と、エグザン古扱いを受けた。

最後になるが③。そもそも老いるショックが'70年代のオイルショックのパロディ。要するに僕は「早く、高齢者に成りたぁーい！」と言うまでもなく、老人だってことだ。

小芋の思い出

人生の3分の2はいやらしいことを考えてきた。

〝すかんち〟ってバンドを御存知だろうか？　今年で結成40周年を迎えるというが、僕はすかんちがメジャーデビューした'90年、初めてメンバーと会った。

当時、僕が連載を持っていたバンド雑誌にレコード会社から、タイアップページにして貰えないかと依頼を受けたのがきっかけだった。

「きっと気に入って貰えると思いますよ」

と、先方はおっしゃったが既にそのバンド名にグッときてた僕はすぐにいい企画を思いついた。

それは、すかんちを外タレ扱いすること。来日した体（てい）でオフ日、京都観光を楽しむ様子をこちらが取材するというものだった。

当時、レコード会社も相当、景気が良かったんだろう、すんなり通った。

当日、メンバーとは京都駅前のホテルで落ち合うことになっていた。たぶんホテルの一室を借り、メイクと着替えをするのだろう。

僕と担当編集者、それにカメラマンは約束の時間より少し前に京都入りし、ロケバスを手配、そちらに向ったのだが、何だかホテルの前が騒がしい。恐る恐る近づいてみたら既にメンバーは道に立っていて、「けったいなカッコしてはるなぁー」「あんたら、どこの人なん?」などと言う関西のおばさんたちに取り囲まれていたのである。

もう、これは始末におえないと、僕がその輪の中に割り込んだ、その時である。

「じゅんやないの!」と、やけに聞き覚えのある声。振り返ると、何とうちのオカンがそこに立っているではないか。「あんたもこのメンバーかいな」「違うねんて、この仕事で京都来ただけやし……」「この仕事って何や?」

もはや、説明してる時間はない。ポカンとしてるオカンを残し、メンバーたちをロケバスに誘導した。

「みうらさんの実家、京都やもんね。実は僕もそうでして」と、バンドリーダーのローリー(当時、ローリー寺西)が笑いながら言った。

それから外タレなら必ず訪れる金閣寺、嵐山、龍安寺、清水寺などのド観光地を巡って撮影したが、各所で「けったいなカッコしてはる」は止まなかった。〝けったいな〟を標準語に変換すると、〝奇妙な〟。それがロックだと'70年代初頭、イギリスで流行したグラムロックとなる。すかんちは大いにグラムを意識したファッションをしていたのである。

僕はその道中で聞いてみた。

「なあ、ザ・チューブスって知ってる?」と、グラムの中でも取り分け変なカッコをしてたバンド名を言った。

するると、ローリーは、

「すかんちは一番、影響受けてますからね」

と、言うのだ。

その上、ザ・チューブスに僕は〝小芋の思い出〟があった。

「ボーカルのパッツパツのズボン、その股間部に小芋が二つ、浮き上って見えてんのってどうなん?」

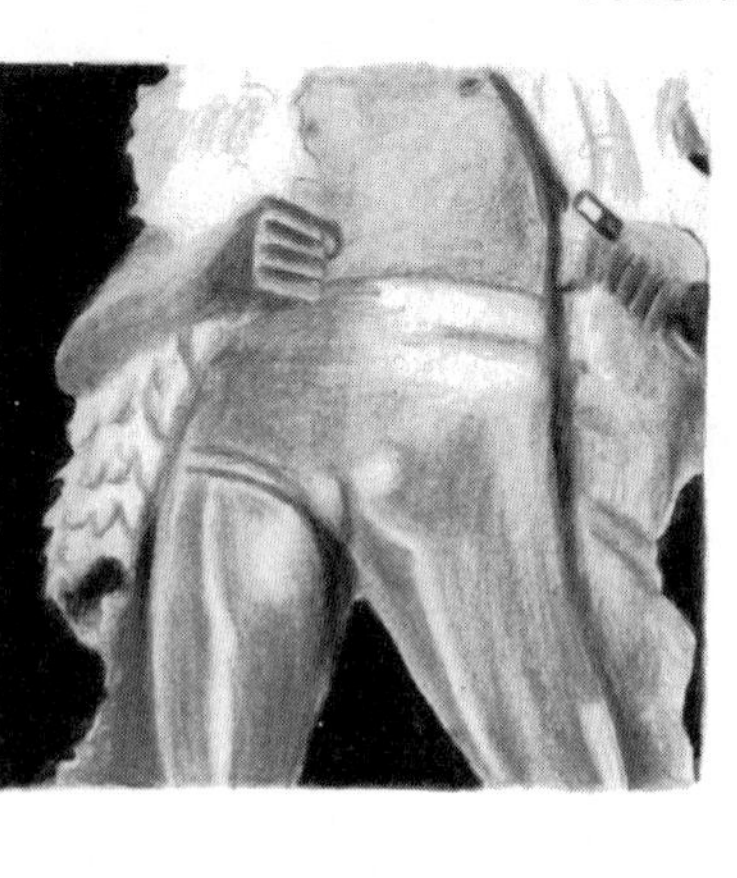

「いや、そこがまた、カッコイイんですけどね」

僕はその会話で、己れのロックに対する了見の狭さを知った気がした。その点、すかんちはサウンドももちろんのこと、デビュー時から既に本物だったと言える。

命名者の務め

人生の3分の2はいやらしいことを考えてきた。

ブラッド・ピットの主演映画『ブレット・トレイン』を観に行ったのである。週末だ、スマホで予約チケットを取る操作が苦手故、平日にブラッと出掛けたのだ。いわゆるこれはブラッドとかけたオヤジギャグだが、ピットの方は映画館に着くまでには思い浮かばなかった。

かつてはそんな恥ずかしいこと、思い付いたとしても黙ってたものだけど、シルバー料金で観られるようになった頃から口に出したくて仕方なくなった。

それは口臭の原因になるのではと危惧しているせいもある。口まで出掛かったオヤジギャグをそのまま放っておくと、それがやがて口内で腐敗し、いやな臭いが発生する。医学でまだ、証明されていないけどね。

朝一の上映回だったので人混みもなく、席は取れた。

僕はチケットを手に早速、館内の売店に向った。

近著『マイ修行映画』でも述べたが〝パンフは観る前に買え〟、これをモットーとしているので、販売員に本作の映画タイトルを告げた。が、しかし、「ブレット・トレインですか？」と、聞き直されハッとなった。

たぶん、僕はブラッとの余波で「ブラット・トレインのパンフ、下さい」と、言い放ったに違いなかった。赤面したが、ま、それでひとつ口臭から免れたのならいいか、などと思いながら上映階へ。

席に着き、パンフを開きチェックした。日本の〝弾丸列車〟（これが、ブレット・トレインの意か）に悪者ばかりが乗り込んでくる。内容は大体、前宣伝で知ってたけど、その中に着ぐるみを被った奴がいることがやたら気になっていたのである。

僕は、ゆるキャラの命名者として、一応それがどんな素材で出来た着ぐるみなのか、知っておく必要がある。いや、それが主な目的で観に来たのだ。

パンフの写真を見る限り、発泡ウレタン、いや軟質ウレタンで製作したものだろう。当然、その内側には硬い素材の骨格が入っている。

今までかなりの数のゆるキャラを見てきたし、試しに入ったことだってある。骨格がないとその形体が保てないのだ。

と、なると、この〝モモもん〟ってキャラの頭部がデカ過ぎて、日本の新幹線クラスのドアには入らないことになる。

いつぞや、開通何十周年の記念に作ったゆるキャラが、そんな理由で乗車出来ず、仕方なくホームに立たされていた現場を見たことがある。

アメリカの悪者も、これは完全に算段を誤ったと思われた。

前もって僕に相談して貰えれば、バルーン・タイプをお勧めしたのに。

それなら車中で空気を入れて膨らませればいいし、運搬も楽チンだ。ただ、空気ポンプの音がやたら煩いので、喋るタイプのゆるキャラには不向きだけど。

そんなことを考えていると、映画が始まった。

いいよな、劇中、放出されるアメリカンジョークってやつは、オヤジギャグと違って何だかシャレて聞える。それにアラ還のブラピの大立ち回りに驚いた。
で、問題のモモもんだけど、ブレット・トレインのドアはそれ用に広く作ったもの。すんなり乗り込みやがった。

SINCEの乱れは……

人生の3分の2はいやらしいことを考えてきた。

さて、本日は街でよく見掛ける接続詞〝SINCE〟について講義しようと思います。継続を表わす完了形の動詞を含む主節に従って、〜以来、〜の時からずっと、という意味になりますね。

「先生、私は見掛けたことがありませんが」

はいはい。それは街の看板を注意深く観察されていないからですね。この日本には八百(やお)万(よろず)のSINCEがいると言われています。もちろん、太古の昔からじゃありませんよ。それまでは〝創業○○年〟としていたものを昭和の高度成長期あたり、ノリノリでSINCEに鞍替えしたのではないかと思われます。それは何故でしょう、答えられる方はいますか？

「……」

これはテストに出ますよ。分らないなら教えます。SINCEの方がカッコ良く見えるからです。

「理由はそれだけですか？」

たぶん。その証拠に今年創業した店舗もＳＩＮＣＥを堂々と看板に掲げている始末です。シンス界ではそれを『最新ス』と、呼んでいますがね。

「シンス界って？」

あるんですよ。私は街を歩く時、絶えずシンスを審査する〝シンサー〟の気持ちでいます。英語教師としても大変、気になるところです。もしや、〝ＴＨＥ〟などの冠詞と誤解し、使用しているのではないかとね。

「いや、何も考えてないいんじゃないですか？」

だから困るんです。それじゃＳＩＮＣＥのメンツ丸つぶれじゃないですか。

「シンスのメンツ？」

英語で言えば〝ｆａｃｅ　ｉｓ　ｃｒｕｓｈｅｄ〟。みなさんの頭の中にも、ＳＩＮＣＥを名乗るからにはせめてこれくらいの年月は必要だろ、という基準があるでしょ。そこのメガネの方、どう思いますか？

「せめて自分の年齢より上の方がいいかと」

今、おいくつですか？　30歳。なるほど、絶妙なシンスボーダーラインですね。それでいうと最新スは？

「ダメですね」

でしょ？　このように審査していくわけです。

「と、いうか先生、何のためにですか？」

もちろん、昨今のSINCEの乱れに警鐘を鳴らすためにです。最新スの逆で、冗談のつもりでしょうが、BC（紀元前）を堂々、看板に謳う『騙（だま）シンス』もありますからね、ここはJAROより先に〝えーかげんにシーンス！〟と、ツッ込んであげた方がいいかと。さぁ、ここでSINCE史上、最も難解なものをお見せしたいと思います。この『SINCE ANGEL』、どういう意味なのか分る人はおられますか？

「はい！」

じゃ、そこのスキンヘッドの方。

「つーかコレ、フーゾクの看板なんじゃないっスか？　シンスメインに撮ってあるから分り難くなってるけどォー」

うーん、御名答！　じゃ、その根拠は何？

「だって、エンジェルってそういうことでしょ？」

ですね。エンジェルの概念が生れたのは古代ギリシャ時代。それでいくとこれも騙シンスとなってしまいますものね。

「つーか、先生はこのフーゾクに入ったんですか?」

いや、正確にはキャバクラですがね。あ、そろそろ時間です。次回はシンスの仲間、〝ＥＳＴ〟についてです。それではまた――。

エロエロ転がし

人生の3分の2はいやらしいことを考えてきた。

前編集長、新谷学氏から赤坂の小料理屋に誘われ、「文春で連載お願いします、エロで」と、矢継ぎ早に言われてから、ちょうど10年。連載は500回を超えた。

僕はその時、歯医者の待ち合い場所にも置いてあるようなメジャー誌故、誰が読んでも大丈夫な内容のエッセイの方がいいんじゃないかと思ったが、

「タイトルはこちらでも考えますが、何かいいのがあればまた、教えて下さい」

と、あくまでエロ一直線。そりゃエロは得意分野だったけど、それを毎週やってちゃネタも尽きるだろう。だから後日、僕が出したタイトル案は、エロとも取れるが程度の、ぼやかしたものだった。それを聞いた新谷さんは、「いや、そうじゃなくて……」と、弱みを指摘した。おっしゃる通りエロに気取りや気負いがあってはならないのだ。いるのは自虐と、その滑稽さのみ。

「も少し、考えてみます」

と、一度、電話を切った。すると、あるヒントが浮んできた。

最終的に「それですよ！　それでいきましょう！」と、新谷さんに絶賛され、決定したのがこの『人生エロエロ』。

エロオヤジならば一度ならず二度三度、口にしたことがあるだろう『人生いろいろ』のパロディ。いや、エロディだ。島倉千代子さんには大変、申し訳ないが、恥を忍んでメジャー誌のタイトルとして使用すること、どうかその自虐勇気に免じて許して頂きたい。

連載が始まってしばらく経った頃であった。子供の通う保育園で近々、行われる運動会の話を振られた。僕が絵を描く仕事をしていることは、入園手続きの際、職業欄に記したので保育士の方は知っていた。そのため何度か催事のポスターも描いたし、園のTシャツのデザインを任された過去もある。またそんな相談かと思ったのだが、今回は違ってた。父兄による競技、大玉転がしに参加して貰いたいと言うのだ。

運動オンチと名乗るほどではないが、チームを組んでの対戦では年寄りの僕が足を引っ張る可能性がある。即答しないのを怪訝に思ったか、「ほんのわずかな距離です。先に待ってる父兄に大玉を渡すだけですから」と、フォローした後、

「これだけは是非、みうらさんに出て貰いたくて！」

と、妙なプッシュまでしてくるもので、とうとう承諾した。

近隣の小学校のグラウンドを借りての運動会。僕は当日、手渡されたタイムスケジュール表を見て〝まさか……〟と、思った。

そこには大玉転がしの文字がなく、前もって伝えられてた時間帯の欄には『父兄による競技・人生いろいろ』になっていたからだ。

〝是非、出て貰いたくて！〟とは、そういう意味だったのか？　いや、僕の勝手な思い過ごしであって欲しい……。

グラウンドに号砲が鳴り響き、同時に設置されたスピーカーからは『人生いろいろ』の伴奏が流れ出した。

競技よりもその状況に動揺しているのはたぶん、僕だけに違いない。遂に番が回ってきて大玉に手をかけたが、確かに人生同様、思ったように真っすぐ進まず、とても難儀した。

〝あの人の場合、いろいろじゃなくてエロエロだけどね〟、観戦してるみんながそんなことを思い冷笑してる。そんな気がした……。ああ、10年はひと昔――。

恥忘のお詫び

人生の3分の2はいやらしいことを考えてきた。

先日、お好み焼き屋『千房(ちぼう)』に行った時、ちぼう繋りでかつて、実家の応接間にあった『チボー家の人々』のことを思い出した。

それは世界名作全集の中の三巻（上・中・下）として、ガラス戸付きの本棚に仕舞われていたものだ。

昭和の一般家庭に存在した応接間というものは、あくまで初めての訪問客に向けた体裁であり、そこに置かれた大きなステレオや見栄えのいい洋酒瓶などと同様、世界名作全集も飾りものの類いであった。よって、その全集を読む目的で取り出す者などいない。そこが中学生時代、僕が考え付いたエロ本の隠し場所に最適な理由だった。

当時、隠し持ってたエロ本がよく親に見つかり、その都度、気まずい空気に堪え切れなくなって捨てざるを得なかった。

〃どうにかエロもエコに〃

そんなスローガン、いや、切望から、気に入ったページだけを切り取り残すというスタイルに変えたのだ。要するにエロ本のエロ束化である。それを少し大きめな封筒にでも入れ、表に〝資料〟とでもマジックで書いておく。これなら流石のエロ本捜査官にも見つからないだろう。実際、そうして机の引き出しに仕舞っておいたのだが、まだ完璧とはいえない。

そこが自分の部屋だからだ。

そこで思い付いたのが応接間へのエロ移動。予て(かね)より、目を付けていた世界名作全集。その一冊一冊が豪華箱入りであったからだ。

パール・バックの『大地』の箱はそのブ厚さから相当の数のエロ束を収納出来る。いや待て。いくらブ厚くても一巻のみでは、いつ何時「急に読みたくなって本棚から取り出したら……何やねんあんた！　中身が……」って、可能性もある。やはり、ここは分冊だ。都合よく、『チボー家の人々』は、上・中・下の三冊で構成されていた。当然、狙い目は下巻である。わざわざそこから読み始めることはない。

今後、エロ束が増えたら中巻の箱を使えばいい。

僕はその日、生れて初めてその本棚のガラス戸を引き、中から『チボー家の人々（下）』を取り出した。そして、それをこっそり自室に持ち帰り、本を抜いては空になった箱の中にエロ束を詰め込んだ。

うまく収まったので嬉しかったが、問題はムキ出しの本をどう処理するかだ。しばし悩んだ挙句、翌朝学生カバンに仕舞い、通学路にあったゴミ箱に捨てた。

今更だけど、ここで『チボー家の人々(下)』にお詫びを申べたいと思う。

そのエロ束は犠牲になったチボー家の人々のお陰で見つけられることもなく、無事、僕が上京した際、アパートに運んだ。でも、〝母さん、あの空箱、どうしたでしょうね?〟

それだけが今でも気がかりである。

※ちなみに写真は疑似再現である。

えんがわの正体

人生の3分の2はいやらしいことを考えてきた。

「そうそう、今日、友達から聞いたんだけど、実はえんがわってオヒョウのものだってね」

ある日、ベッドの中で、唐突に彼女がそんな話を振ってきた。えんがわとは、僕が寿司ネタの中で一番好きなもの。それを承知の上で「実は――」と、得意気に言われたので余りいい気はしなかった。黙っていたら今度は、

「ねぇ、今まで何のえんがわなのか知らないで食べてたんじゃないの？」

と、挑発的な発言までしてくる。もう、ここは流石に黙ってはいられない。僕は少し声を荒げ、「えんがわといや、ヒラメに決ってんじゃん！」と、言い放ったのだが、

「そんなこと、あのお寿司屋さんのメニューに書いてあったかしら？」

と、まるで子供を諭すように聞いてくるではないか。

確かによく行く近所の回転寿司屋のメニューにはただ〝えんがわ〟と書いてあるだけだ。

「考えてもみてよ。もし、それがヒラメのものだったとしても、えんがわの部分なんてちょっとしかないじゃない」

それも確かにそうだ。本体からしてあのヒレのビラビラ部分は少しだ。そんな貴重な部位ならもっと値が張るはずである。

「だったら、何だよ？　あのえんがわの正体って！」

僕はイラつきながら言った。

「だから言ったじゃない、オヒョウだって」

「だから、オヒョウって一体、何だよ!?」

彼女はその瞬間、少し間を置いた。さてはそこまで友達に聞いちゃいないな。

「たぶんアザラシみたいなやつなんじゃないかと思うんだよね」

と、自信なげに答えた。

「それはないだろう。第一、アザラシは魚じゃないし。どこにえんがわなんてあるんだよ！」

今度は僕が強気に出た。すると、

「たぶん、あの手のとこよ。ほら、ヒレになってる部分があるじゃない」

と、とんでもないことを言い出した。

「アザラシのそんなとこ気持ち悪いだろ！」

「だから、アザラシとは言ってないでしょ！　みたいなやつよ」

「何で、それがオヒョウって分るんだよ？」

「そりゃ、体に豹のような斑点があるんでしょーよ」

「じゃ〝オ〟の部分は？」

「大きいからに決ってるでしょ！」

とても信じ難いが、これ以上、詰問すると彼女の機嫌を損ねかねない。今後のつき合いもあるので、僕はやんわりと、

「ま、それだとしても、えんがわの美味さに変りないから平気だよ」

と、返したが、実際はその最悪なイメージに洗脳され、以降、回転寿司に行ってもえんがわの皿は取らなくなった。

あれから何十年——先日、ふと、そんなオヒョウのことを思い出し、スマホで調べてみたところ、何だよ！ アザラシみたいなやつじゃなく、〝大鮃〟と書くヒラメに形態がよく似た巨大魚だった。そりゃ、えんがわも大量に取れるはずだよ。

でも、あの時、彼女がでまかせに言った〝オ〟の部分だけは当ってた。伝えたいけど今、どこでどうしてんだろうな？
P．S．それで気を良くして、また、えんがわ食べるようになったよ。

流石！　ピカソ先生

人生の3分の2はいやらしいことを考えてきた。

先日、上野の国立西洋美術館に『ピカソとその時代　ベルリン国立ベルクグリューン美術館展』なるものを見に行った。休日だったこともあってか、チケットカウンター前にはかなりの列が出来ていて、僕はその待ち時間、入場口横に貼り出されたでっかいポスター〝ピカソ作『黄色のセーター』〟を見て妄想を始めることにした。

所はスペインのある高級クラブ——。

「こちらはかの有名なピカソ先生。もちろん知ってるわよね」

まだ20歳そこそこの彼女は席に着くなり先輩ホステスにそう言われ、即座に作り笑顔で返したが、名前すら知らなかった。

「ねぇ、先生、かわいいでしょこのコ。先週、入ったばかりなのよ」と、改めて紹介された時、彼女はその客の顔をまともに見たが、眼光がやたら鋭いオヤジ。

「ピチピチしてていいねぇ」

その言葉に先輩ホステスは「まぁ先生、それって私に対する嫌味かしら」と、言って笑った。彼女は〝一体、この強面、何の先生をしてるのかしら？〟と思いながら水割りを作っていたが、しばらくして先輩ホステスが「ねぇ、あなたも先生に似顔絵、お願いしたら？　またとないチャンスよ」と言ってきたもので、大体の予想はついた。

「おいおい、またコースターの裏にでも描かすつもりなんだろ？」と、似顔絵師はおどけた口調で返した。それで少し、緊張が解け、「美人に描いて下さいね、先生」と、初めて言葉を交すことが出来たのだった。しかし、その似顔絵は似てないどころか、目鼻の位置もめちゃくちゃな幼児の落書きのようなものだった。

「まあ、ソックリ！」と、先輩ホステスは絶賛したが、彼女は渡されたコースターを複雑な気持ちで見つめていた。それから数カ月後、彼女は店を辞め、先生の専属モデルとなっていた。当然、肉体関係あっての結果である。だから「ねぇ、もう一度、〝青の時代〟に戻って私を描いてちょうだい」なんて、無茶振りも許されるのだ。

「そんなにキュビズムが気に食わんか？」

「特に〝泣く女〟なんて、世間の評価は高いかも知んないけど、モデルの私からしたら本当、サイテーよ！」

コースター似顔絵事件で恥をかかされて以来、彼女は〝複数の視点から見たイメージを一枚の絵の中に集約し表現するヤリ口〟に恨みがあったのだ。

「スマンスマン……」

「そもそも絵が上手いのに、何であんなムチャ描きする意味あんの⁉」

「だってあれ、ボクが考え出した新技法なんだモン！」

まるで、叱られた子供が母親に言い訳する時のような口調である。でも、そこがうんと歳の離れた彼女にもモテる理由のひとつだろう。

「今夜はエッチなしだからね！」「そりゃないよォ〜」

どうにか、彼女の機嫌を直すいい策はないものか？　ピカソはしばらく考えた。

そうだ！　ひとりに見えるが実はモデルと画家の二人羽織状態絵。左側の眼光鋭い目と、右側の節くれだった手はピカソのものだ。黄色のセーターを着ているが、当初は二人裸だったことも考えられる。これなら大好きなエロも露骨にならず、何よりも彼女の顔は美人を保てる。何てグッドアイデアなんだ！

流石、ピカソ先生……。
そんなことを妄想しているとようやく僕の番が回ってきた。チケットを購入、美術館に入場出来たのである。

男の自信はカタさにあり

人生の3分の2はいやらしいことを考えてきた。

会話の中に「堅実」とか「堅気」なんて言葉を持ち出す人が苦手だ。口答えでもしようものなら怒り出すかも知れないから。そんな時は黙って話を聞いているのが賢明だけど、僕としては何故そこまで〝カタイ〟に拘るのか？　その一点が気になって仕方ないわけで。

ずっと思ってたけど、先日、BSでなつかしの『火曜サスペンス劇場』を観ていた時、その意味がようやく分った気になった。

それはドラマの方じゃなく、合間に流れる老いるショッカー向けのCM。

ちなみに〝老いるショッカー〟とは、現在の僕同様、老いるショックを受けし者の総称である。民放でもコンドロイチン系薬の「スタスタ歩けるようになりました」など棒読みセリフでその効果を披露してみせるCMは頻繁に流れているが、BSはそれよりワンランク上のやつだった。

「いやぁ、これで男の自信がまた甦ってきましたよ」

と、したり顔のオヤジが登場。

「カタイままです。途中で萎えることもなくなりました」

と、その効果を報告し、

「女房も大喜びですよ」

と、恥ずかし気もなくその反響まで語った。

そんなことが男の自信なのかよ……。

僕は何度も同じCMを見せられ、少し虚しい気持ちになったけど、そういや僕もかつて、カタイことで調子に乗った時代があったことを思い出した。

それはまだ、小学校の低学年だった頃。学校の前に小さな公園があって、下校時、必ず立ち寄った。僕の目的は公園ではなく、その隅にある陽がほとんど当らない公衆便所の裏。

そこには泥ダンゴに適したジメジメした土があったからだ。そして、何よりも注目したのは、その土に混じった小さなキラキラ光る金属片のようなもの。きっと、これが僕の作る泥ダンゴの最強たる所以(ゆえん)だと思ってた。

もはや素人のようにその場で泥ダンゴを作るなんてことはしない。何層にも土を塗り重ねることで強度が増すからだ。その都度、家に持ち帰り乾燥させるのだが、直射日光下ではヒビ割れることもある。そこは適した場所でじっくり時間をかけるのが匠。

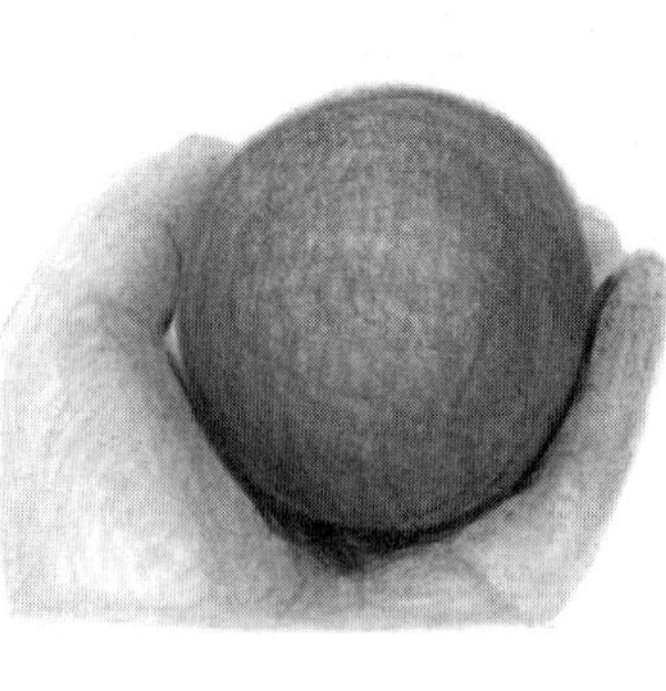

それも全て、有志が集って行われる泥ダンゴ戦のため。プレイ内容は床に置かれた泥ダンゴを目掛け、上から別の泥ダンゴを落すという至極、簡単なもの。要するに割れた方が負けなのだ。

「お前、ズルして中に鉄入れてるやろ」

と、疑いを持つ者もいたが、僕は決して金属片のことは明さなかった。

しかし、ある日のこと。

クラスメイトの女子が誰に聞いて知ったか、こんなことを言ってきた。

「三浦君のすごくカタイんだって！」

もちろんそれは泥ダンゴのことだと分ったが、何だかとても嬉しかった。その後、聞かれてもいないのに調子に乗って製法と土の採集場所まで教えたくらいである。

なるほどＣＭで言う通り、男の自信はそれで喜んでくれる相手がいないと成立しない。

本当にその薬、効くのかな？　僕はドラマよりもそっちの方が気になって仕方なかった。

親しきヒゲにも……

人生の3分の2はいやらしいことを考えてきた。

先日、インド映画『RRR』を観に行った。

たぶん発音は「アールアールアール」で間違いないと思うのだが、僕の場合、発券機はクリア出来ても、〝パンフは観る前に買え〟の責務がある。朝一上映の閑散とした映画館の売店でしばし悩んだ。

ひょっとして〝トリプル・アール〟と読むのかも知れないからだ。

店員の背後にある棚の上には上映中の映画パンフのサンプルが並べられてはいるが、いつぞやそれを指さし「アレを」とやった時も「どれですか?」と、聞き返された。

ここはマイナンバーの義務化よりも先にマイパンフのナンバー化をお願いしたいところだ。それに自信無さ気な小声では聞き取って貰えないこともあり、僕は少し声を張って「アール!」と、言い店員の顔色をうかがった。

「アールアールアールですか?」「あ、はい」

間違っていないようだ。すかさず「そのパンフを一つ」と、続けたのだった。

インド映画は『ムトゥ　踊るマハラジャ』『ロボット』など数えるほどしか観ていない。しかし、今回、初日の映画館に馳せ参じたのにはそれなりの理由がある。

ポスターを見て、これは〝ヒゲタ映画〟に違いないと思ったからだ。

ヒゲタ映画とは、内容に拘らず、主人公や脇役が驚くほどのヒゲを生やしている映画のこと。ちなみにこのネーミングは、ヒゲタ醤油から考案した。

コロナ禍のステイホームを「ホームステイ」と言い間違え、「一体、どこにホームステイしてたんですか？」と、半笑いで聞かれ咄嗟に「インド！」と答えたその瞬間から僕のヒゲは伸び始め、今ではボウボウとなった。

でも、たまにカットする。それは何故か？

自分でもよく分らないが、この映画にヒントが隠されているような気がした。

それにしても何て長い上映時間なんだ。後1分足せば3時間じゃないか。僕は果してヒゲ目的だけでこの修行に耐えられるのか？　そんな心配をしてたら、

「それでも、短かったみたいでさ、もっとして欲しいってコもいたよ」

と、かつて友人が飲み屋でした夜の自慢話を思い出した。

友人のアダ名は〝Z〟。絶倫のゼットだ。最長記録は6時間だという。

「それって当然、前戯後戯も含めてだろ？」

と、疑いの目で聞くと、

「いや、インサート・オンリー」ときやがった。

「充電器じゃあるまいし、彼女もよくつき合うよな」

と、呆れ顔で返したものだ。

そんな〝ZZZ〟の回想、上映前に済ませておいて良かった。そのせいもあってか、『RRR』の3時間弱などあっという間。面白くてもっと観ていたかったくらいである。

内容は、友情か？　使命か？　その間で苦悩する、な、アホな！　スペクタクル巨編だが、僕の注目した点はラスト近く、似たヒゲ同士に差が生じるところだった。

やはり「兄貴！」と、呼ばれてる方が長くてボウボウなのだ。

親しきヒゲにも上下関係ありとでも言おうか。

たまにNHKのBSで『笑う洋楽展』って番組が放送されるので良かったら見て欲しい。4歳上の安齋肇さんと僕のヒゲに、その〝ヒゲラルキー〟が見て取れるから。

『土偶を読む』（晶文社）を読んで「仮説ブーム」が到来した
みうらさんと、この本で第24回みうらじゅん賞を受賞した
著者の竹倉史人さんが、縄文時代の「ヤベえ発見」について
縦横無尽に語り合う！

みうら　二〇二一年の四月に『土偶を読む』が出てすぐに、いとうせいこうさんからお勧めされたんです。買って読んでみたらメチャクチャ面白くて、その時点でみうらじゅん賞の授賞はほぼ決定していたんですが、うちの発表の前にサントリー学芸賞を授賞されちゃいました（笑）。

竹倉　「土偶の謎を解いた」と言い切るスタンスで本を書いて、考古学の権威に挑んだわけですが、逆にアカデミックな世界で権威のあるサントリー学芸賞をいただくというパラドックスが生まれてしまって。

みうら　みうらじゅん賞で権威もだいぶ薄まったと思いますが（笑）。

竹倉　ただ、みうらじゅん賞すらも権威になりかけているという新たな問題が発生しているんです（笑）。

みうら　常々「ケンイコスギ（権威濃過ぎ）」には気をつけているんですが（笑）。『土偶を読む』は「この土偶のモチーフはこれだ」と明確に書いてあるところも面白いんだけど、助手の人と実際に現地に行って藪の中を探索したり、助手に変な貝を毒味させたりするじゃないですか。あの道中記にワクワクしました。

竹倉　助手の彼は素直で、何でもちゃんと食べてくれるんですよ。

みうら　その「ホームズとワトソン」的な関係性も魅力的でした。やっぱりデータだけじゃつまらないから。最初の「遮光器土偶のレプリカを買って、ベッドで一緒に寝た」というところから可笑しかったし。

竹倉　土偶のレプリカは本当に赤ちゃんみたいな感じなんですよ。「遮光器土偶は里芋をかたどったフィギュアに違いない」と思って、自分で里芋を栽培して収穫してみたんですが、半年かけて大きくなった里芋を地中から掘り出すとき、産婆さんみたいな気持ちにもなったんです。

みうら　遮光器土偶が里芋に似ていると、気づいたきっかけは？

竹倉　朝、神社の前を白い服を着て掃いている人がいますよね。死ぬまでにあの仕事をやってみたいとずっと思っていて、もう四十歳を過ぎていたんですけど、神社で宿直のアルバイトを募集しているのを見つけて応募して、採用されまして。夕方神社に行って一晩泊って、朝掃いて終わりなんですけど、最後に宮司のお母様と朝食をとるというルーティンがあって。あるときそのお母様が変なものをくれたんです。「これ、何ですか？」ときいたら「里芋を知らないの？」とびっくりさ

遮光器土偶（『土偶を読む』から引用）

れて。

みうら　皮付きのまま渡されたんですね。

竹倉　そうなんです。白くてもちもちした女の子のお尻みたいなイメージを持っていた里芋が、ゴツゴツの怪獣みたいなものだったと知ってショックを受けました。でも、皮をむいて塩を付けて食べたらおいしくて、自分でもスーパーで買って、ふかして食べるようになって。

みうら　まず里芋ブームが来たと（笑）。

竹倉　それから二週間後くらいに、大学の授業で土偶を扱うことになったので、パソコンで遮光器土偶の画像を見ていたんです。そのとき、ふと土偶の手足を見て「最近この形、どこかで見た……あっ、里芋だ」と。そのときは半分ギャグだったんですが、調べてみたら、日本人はお米より前に里芋を食べていたという文献が出てきて。

みうら　縄文時代から食べていたならあり得る、となったんですね。

土偶たちが答え始めた

竹倉　その後、山へ行ってオニグルミを見つけて割ってみたらハート形が出てきて、また雷に打たれて「ハート形土偶はオニグルミだ」と思ったんです。ということは、ほかの土偶も絶対食べ物のはずだと。

みうら　二個来たら三個目もそうに違いないと（笑）。

竹倉　〇〇土偶と名前が付いているやつは全部読み解かないと学問として成立しないと思っていたので、二個目がわかったことは大きかったです。そのあと二度あることは三度あるで「椎塚土偶＝ハマグリ説」がわかったとき「これはヤベえ発見しちゃったな」と。「お前は誰なんだ？」という私の問いかけに対して、土偶たちが答え始めてくれて。

みうら　それを世間では「ノイローゼ」と呼ぶんでしょうね（笑）。

竹倉　二年間毎日、寝ても覚めても土偶のことだけ考えてドキドキワクワクしていました。謎の古文書を自分が最初に解読してやろうみたいなロマンがあるじゃないですか。

みうら　考古学の研究者からしたら、竹倉さんのような新参者が出てきたらウザいと感じるかもしれないけれど、研究者じゃないからこそ柔らかい発想で思いつくことってたくさんありますもんね。松本清張の考古学研究と似たところを感じます。犯人捜しの推理小説みたいで。

美大脳と東大脳

竹倉　今の考古学では「はっきりとわからないことなんだから結論を出しちゃいけない」みたいな空気があるんですよね。一方、教科書には「土偶は女性をかたどったものだ」などと書いてあるわけです。

みうら　「縄文のビーナス」なんて名前のついたものもありますしね。

竹倉　それに違和感を覚えて調べてみようとなったわけです。そのとき、かつて私もみうらさんが卒業した武蔵野美術大学に通っていたんですが、その経験がすごく活きてきました。学問の世界に入る前に美大でデッサンの勉強をしたことで、右脳が鍛えられて、ものの形を見る回路が強化されたんです。

みうら　わかります。一度絵に描いてみると理解力が増しますから。

竹倉　美大を中退して東大に入ったら、人種が違いました。同じハトを見ても、東大の人たちはコンセプトが先なんです。鳥類というカテゴリーだったり、生態だったり。武蔵(むさ)

美の友人の場合は、「首のラインが」とか「羽の色のグラデーションが」などといってデッサンし始める。

みうら　骨格のこともやたら言うもんね。

竹倉　研究者というのは、ずっと文献ベースでやっているので、土偶のフォルムそのものをちゃんと見ていないというか……。

みうら　そこが作り手と評論家の違いですよね。謎なものって、まず作り手の側に立って見ないとわからないことがありますからね。竹倉さんの本を読んで、自分の中にさらなる「仮説ブーム」が起きたんですよ。千手観音の絵を描いていたとき、ふと「これは樹木なんじゃないか」と閃いたんです。仏像はついつい人型を模していると思いがちだけど、顔さえ取ってしまえば樹木で、異形感はないわけです。千本生えているとされる腕も、枝だと思えばね。日本の神木信仰とも合致して、当時の人もスムーズに受け入れたフォルムだったんじゃないかなと。それは実際に描いてみないと気がつかないことですから。

竹倉　たしかに、千手観音をラフにバーッと描くと、たぶん木になっちゃいますね。

みうら　僕も遮光器土偶には関心があって、出土した青森県の木造町（現つがる市）も訪ねました。そのとき驚いたことに、地元の人が遮光器土偶のことを「しゃこちゃん」と呼んで「ゆるキャラ」扱いしていたんです。『土偶を読む』の中にも、僕が造語した「ゆるキャラ」という言葉が何箇所か出てきますよね。

何でもキャラ化したい

竹倉　「ゆるキャラ」ってその地方の名物に顔をつけたものが多いですよね。「土偶の顔はクルミや栗の仮面だ」という仮説を立てたとき、自分たちが作って食べているものがキャラになっているという意味で、土偶と「ゆるキャラ」は同じだと思ったんです。フェスに駆り出されるところも似ています。そのことに気づいてから、私の研究がグッと進んだんです。

みうら　そもそも「ゆるキャラ」というのは、その土地の特産品をいろいろ盛り込みすぎてゆるくなっていました。これは、八百万の神の発想からきているんじゃないかと前から思ってはいたのですが、竹倉さんはそれをさらに土偶と結びつけた。僕の心にグッとくるのは当然です。

竹倉　縄文時代というのは日本文化の根底にあって、後から仏教とかいろいろ入ってきますけど、結局八百万のほうに全部吸収されていくような気がします。

みうら　日本人はどんなものにも目鼻をつけてキャラにするし、顔がついたものは大切にしなきゃならないという感覚が昔からありますね。

竹倉　日本では針供養とか筆供養とかもしますし、道具にさえ何かが宿っていると考えますしね。

みうら　祟りを怖がる傾向も、諸外国人より強いですものね。

竹倉　コロナ禍になって、日本人はちゃんとマスクをつけている人が多いですけど、あれも真面目な性格というだけでなく、魔よけとか呪術的な意味合いがあるように思えます。八百万のキャラがそこらじゅうに潜んでいて、常に見張られているわけですから。

土偶を何に使ったのか

みうら　今後はどんな研究を?

竹倉　次は「土偶を何に使ったのか?」というテーマで本を書こうと思っています。

みうら　僕の「土偶は土産物だ」という仮説はどうですか?　実は遮光器土偶も何体かあるじゃないですか。作っていた窯が話題になって、みんなが真似て作って土産物にしたんじゃないかと(笑)。

竹倉　「あそこの窯のあの土偶、ヤバいね」と話題になって、ギフトみたいな感じでやりとりしていたというのはあると思います。一番有名なハート形土偶なんかを見ると、作り手がドヤってる感じがするじゃないですか。

みうら　グッドデザインですものね。ドヤ顔も出たでしょう(笑)。

ハート形土偶（『土偶を読む』から引用）

竹倉　世界中どこでも、土器を作っていたのは、ほぼ女性なんです。縄文土器に残っている指の跡なんかも、細くてたぶん女性の指だろうと。細部へのこだわりとか可愛い感じを見ても、やっぱり女性が作ったんじゃないかと思うんです。で、その土偶を何に使ったのかというと、大体は植物の栽培に使っているんです。栽培をするときって、必ず呪術が必要なんです。映画『となりのトトロ』に古代人には細胞分裂という概念もないので、作物が勝手に育つとは絶対に思わないんですよ。も手を上げて「伸びろー」とお願いするシーンがありましたよね。

みうら　シャーマンがいて、神と交渉するんですね。

竹倉　そうです。古代の人は春がまた本当に来るかどうかの保証もないし、しかもその「春」は抽象概念じゃなくて人格を持っているんですよ。だから儀礼をやって春の神様に来てもらおうとするわけです。植物も種を植えるだけではだめで、精霊の力がないと育たないという考えがあったから、お供え物をして植物のキャラたちに「育ってください」とお願いをするんです。

みうら　そのキャラのフィギュアが土偶だったと。でも何故わざわざ植物を人間に模したんですかね。

竹倉　人間は植物から生まれたという神話はいっぱいあるんです。竹や桃の中から人が生まれる『竹取物語』や『桃太郎』はたぶんその名残だと思うんですけど。古い神話を見ていくと、大体人間って土とか植物でできている。古代人が「俺ら、一体どこから来たんだろう」と考えたとき、「たぶん肉は粘土でできているんだろう」みたいな。こういう話は世界中にあるんです。たとえばアイヌの神話では、柳の木で人間の背骨を作るんですよ。背骨が柳の木だと考えると背が伸びるのも説明できるし、年老いて背骨が曲がるのも説明できると。

みうら　なるほど。遮光器土偶の片足がないことについてはどうなんですか？　土産物のレプリカを買ったけど、立たないので飾りにくくて困ったんですよね（笑）。

竹倉　両足があるタイプの遮光器土偶もあるんですが、それも立たないです。遮光器土偶が立たないのは、里芋は地中で成長するので、里芋の精霊は歩けないし目が見えないという設定がキャラクター上にあったからかと。立たなくて飾れない遮光器土偶は、フィギュアというよりまじないの道具だったということですよね。土偶こそが精霊の容器だったんですよ。土偶って実は結構実用品なんです。我々が化学肥料や農薬を撒いたりするのと同じ感覚で使われていたはずなので。虫よけとかよく育つようにとか、土偶を使っておまじないをしていたんだと思います。

みうら　立って歩いて違う家の畑に行かれたら、せっかくの作物が台無しですもんね。

植物の精霊の妊婦

竹倉　当時から精霊が逃げていっちゃうという観念はあったみたいです。しかも、もともと土偶って真っ赤に塗られていたんですよね。赤だと思うと「基本的には呪術の道具という使い方がメインだったのかな」という感じが強まります。

みうら　土偶は植物や貝の像であるという仮説は竹倉さんの中で絶対に揺るがないですか？　これまで言われていたように妊婦の像である可能性はないと？

竹倉　今まで言われていた説って結局、全部私の説の中に含まれるんですよ。たとえば我々が木の実と呼んでいるものって、言ってみれば植物の卵なんですよね。実＝卵を土に埋めて発芽するって、まさに植物の妊娠と出産です。そういう意味では「縄文のビーナス」なんかは完全にお腹がポッコリ出ているので、あれは妊婦像だと思うんですけど、人間の妊婦じゃなくて植物の精霊の妊婦だったというのが私の説なんです。

みうら　なるほど。

竹倉　ただ、全部が植物の栽培に使われたかというとそうでもなくて。「縄文のビーナス」はお墓から見つかっているんです。しかもそのサイズから、どうやら子どものお墓らしい。子どもが亡くなって、埋葬する時に入れたとすると……。

みうら　子どもをもう一度、復活させるということですかね？

竹倉　たぶん亡くなった子どもが早く生まれ変わってくるようにと願うことで。植物の種子を土に埋めることと土葬することは、たぶん同じ発想なんですよね。そうすると「土偶は植物の精霊像である」という考えからスタートはしているんですけれども、副葬品として作られた可能性もある。「土偶に精霊が入ってパワーが宿るんだったら、病気治療にも使えるんじゃないの？」みたいな感じでどんどん派生していったはずなんです。

みうら　当時は「輪廻」とか「再生」みたいな言葉がないぶん、そういったものが自然と生活に取り込まれていたんでしょうね。逆に言うと、そっちのほうが普通の考えですからね。

竹倉　私は普段から野生の感覚みたいなものを失わないように心がけているんです。そうしないと昔の人の思考が見えてこないので。

東大に独学で合格

みうら　先ほど、土偶作りは女性がメインだったと聞きましたけど、男は全員、外に狩りに行っていたのではなく、家で土偶を作っていた美術系の男もいた気がするんですが。

竹倉　いたと思いますよ。

みうら　ですよね。上級で人気のある土偶を作っていた美術系の人間は、意外と儲けていたのでは？

竹倉　レベルの高い土偶はいろんなものと交換できたんじゃないですかね。単に飾っておくだけじゃなくて、繁栄をもたらすものですから。

みうら　竹倉さんも、もともとは美術系の人なのに、なぜ武蔵美をやめちゃったんですか？　あそこ、天国じゃないですか（笑）。

竹倉　そう。私は映像学科だったんですが、夢のような日々でした。広場でバドミントンやって。

みうら　一緒ですよ。僕の時代は缶蹴りでしたけど。

竹倉　最高に楽しかったんです。でも二年生が終わるとき、電話がかかってきて「留年」と言われて。大学には毎日通っていたんですが、提出物のサイズを間違えたりして、必修の単位を落としてしまって……。「マジか。留年か」と思って寝そべっていたら、無意識の心の声みたいなものがビビビッときて「もうやめろ」と。最終的には授業料を払わないまま除籍になりまして。

みうら　やめてからは何を？

竹倉　ヒモをやっていたんです。実家に帰れなくて、就職しようと思っても「大卒以上」と書いてあるし。それでお風呂に入っていたらまた心の声がビビビッと来て、「東大に行け」と言うんです。「ムリムリムリ」と思いつつ、一応新宿の書店に行って、高校の数学の教科書を買いました。

みうら　ヒモをしながら働かずに勉強だけしていたんですか？

竹倉　そうなんです。朝起きると食卓の上にご飯が作ってあるので、それを食べて、勉強して。

みうら　もうそれ、家庭だ（笑）。

竹倉　もうお母さんです（笑）。彼女は夜の仕事もしていて、スナックにあったクジラベーコンとかを持って帰ってきてくれるんです。そのお土産を楽しみに勉強するという生活で。おかげで美大除籍の翌年に東大の文科Ⅲ類に合格し、三年生からは文学部宗教学科に進学しましたが、学問の世界にはずっとアウェー感がありました。卒業後はフリーターをしていたんですが、三十歳を過ぎて母ががんで亡くなって、スイッチが入ったんです。このままじゃ終われないな、勉強をもう一回ちゃんとしてみようと。そのとき東工大の裏に住んでいたんですが、たまたまそこに知り合いの先生がいることがわかって、そのまま大学院へ入って。指導教官が「お前は続けていれば絶対ものになる」と言ってくれて、それを信じて研究を続けていたら、最終的に土偶に行き当たったと。

里芋の精霊のお導き

みうら　心の声に動かされる感覚は、僕にもよくわかります。あるとき駐車場の前に「空あり」って書いてあるのを見て「これ、般若心経じゃん」と気づいたんです。当然「あきあり」と読むことはわかっていたけど、心の声で「くうあり」って聞こえてきて。で、街を歩いて「空あり」の看板を探して写真を撮っていたんですが、ある夜突然、夢枕に「なんでじゅんは全ての般若心経の文字を撮ろうとしないの?」って、井上陽水さんの声にそっくりな神が現れてね(笑)。それから導かれるように、街の看板で般若心経の漢字を探して写真を撮る「アウトドア般若心経」を始めたんです。結局完成まで四年ぐらいかかりました。その声の言うことを裏切ったら罰が当たるような気がして……。

竹倉 今話していて思ったんですけど、「武蔵美をやめろ」「東大に行け」と言っていたのは里芋の精霊だったという仮説も成り立ちますね。里芋の精霊が、自分を発見してもらいたいのに誰も気づかないから、使えそうな奴を探していたのかも。

みうら 今日こうしてお会いしているのも里芋の精霊のお導きとすると、全てに合点がいきますすね(笑)。

P.S.〝この対談を踏まえて、もう一度85ページの『考古学界激震!』をお読み下さいね〟 みうらじゅん

竹倉史人(たけくら・ふみと)
人類学者。独立研究者として大学講師の他、講演や執筆活動などを行う。著書に『輪廻転生――〈私〉をつなぐ生まれ変わりの物語』(講談社現代新書)、『土偶を読む』(晶文社)、『土偶を読む図鑑』(小学館)がある。

カバー・扉絵　たなかみさき
本文デザイン　鶴丈二
DTP　エヴリ・シンク

〈初出〉「週刊文春」2021年3月18日号〜2022年11月17日号
「文藝春秋」2022年3月号（対談）

文春文庫

定価はカバーに
表示してあります

ハリネズミのジレンマ

2023年3月10日　第1刷

著　者　みうらじゅん
発行者　大沼貴之
発行所　株式会社 文藝春秋

東京都千代田区紀尾井町 3-23　〒102-8008
TEL 03・3265・1211㈹
文藝春秋ホームページ　http://www.bunshun.co.jp

落丁、乱丁本は、お手数ですが小社製作部宛お送り下さい。送料小社負担でお取替致します。

印刷製本・凸版印刷

Printed in Japan
ISBN978-4-16-792016-6

（　）内は解説者。品切の節はご容赦下さい。

三島由紀夫
若きサムライのために
青春について、信義について、肉体について……わかりやすく、そして挑発的に語る三島の肉声。死後三十余年を経ていよいよ新鮮！　若者よ、さあ奮い立て！　（福田和也）
み-4-2

みうらじゅん
されど人生エロエロ
ある時はイメクラで社長プレイに挑戦し、ある時は「ゆるキャラの中の人」とハッピを着た付添人の不倫関係を妄想し……。「週刊文春」の人気連載、文庫化第2弾！　（対談・酒井順子）
み-23-5

みうらじゅん
ラブノーマル白書
愛があれば世間が眉をひそめるアブノーマルな行為でも全てノーマルなのだ。少年時代の思い出から最近の「老いるショック」事情まで実体験を元に描く「週刊文春」人気連載を文庫化。

み-23-7

みうらじゅん
ひみつのダイアリー
昭和の甘酸っぱい思い出から自らの老いやVRに驚く令和の最新エロ事情まで。「週刊文春」人気連載を文庫オリジナルで一気に百本大放出。有働由美子さんとの対談も収録。

み-23-8

向田邦子
女の人差し指
脚本家デビューのきっかけを綴った話、妹と営んだ「ままや」の開店模様、世界各地の旅の想い出、急逝により絶筆となった「週刊文春」最後の連載などをまとめた傑作エッセイ集。（北川　信）
む-1-23

向田邦子
霊長類ヒト科動物図鑑
「到らぬ人間の到らぬドラマが好きだった」という著者が、電話口で突如様変わりする女の声変わりなど、すぐれた人間観察で人々の素顔を捉えた、傑作揃いのエッセイ集。　（吉田篤弘）
む-1-26

（　）内は解説者。品切の節はご容赦下さい。

星野博美
転がる香港に苔は生えない
中国返還直前の香港。街の安アパートに暮らす著者が、夢を見続けることをやめない香港の人々の素顔を追った、二年間の記録。第三十二回大宅壮一ノンフィクション賞受賞作。
ほ-11-2

星野博美
コンニャク屋漂流記
先祖は江戸時代、紀州から房総半島へ渡った漁師で、屋号はなぜか「コンニャク屋」!?　ルーツを探して右往左往、時空を超えた珍道中が始まる。読売文学賞、いける本大賞受賞作。（野崎　歓）
ほ-11-5

星野博美
みんな彗星を見ていた　私的キリシタン探訪記
海を渡ってきた宣教師と、信仰に命を賭した信徒たち。「キリシタンの時代」とは何だったのか？　世界文化遺産の陰に埋もれた真実をたどる、異文化漂流ノンフィクション。（若松英輔）
ほ-11-6

堀川惠子
原爆供養塔　忘れられた遺骨の70年
原爆供養塔をいつも清掃していた佐伯敏子は、なぜ守り人となったのか。また、供養塔の遺骨は名前や住所が判明していながら、なぜ無縁仏なのか。大宅賞受賞作の名著。（平松洋子）
ほ-24-1

万城目　学・門井慶喜
ぼくらの近代建築デラックス！
近代建築をこよなく愛する人気作家二人が、大阪綿業会館から築地本願寺まで、大阪・京都・神戸・横浜・東京の名建築を訪ね歩きその魅力を語りつくしたルポ対談集。建物好き必携。
ま-24-3

益子浩一
伏見工業伝説　泣き虫先生と不良生徒の絆
「スクール☆ウォーズ」のモデルとなった伝説の伏見工業ラグビー部。0対112という屈辱の大敗から全国制覇へ。泣き虫先生の愛情と不良生徒たちの努力が起こした奇跡と絆の物語。
ま-42-1

みうらじゅん
「ない仕事」の作り方
アイデアのひらめき方、印象に残るネーミングのコツ、ブームの起こし方、接待術……。企画、営業、接待も全部自分でやる「一人電通」式仕事術を大公開。糸井重里氏との対談も収録。
み-23-6